André Ekama

Der einsame Kandidat

D1731231

Kurzgeschichten
aus dem neuen Heimatland

lieber Ronald,

*Viel Freude bei
der Buchdegustation.
Jedes Wort ist Nahrung
für die Seele.*

amicus

Die Deutsche Bibliothek – CIP-Einheitsaufnahme – verzeichnet diese Publikation in der Deutschen Nationalbibliografie. Im Internet abrufbar unter: http://dnb.ddb.de

© Afrika Kulturinstitut Mannheim
Email: acrnev@yahoo.fr

Erste Auflage 2008
© amicus-Verlag
www.amicus-verlag.de

Verantwortlich für Layout und Gestaltung: André Ekama
Lektorat: Martina Muschelknautz
Buchcover: Theo Mben

Druck: Bookstation GmbH
Printed in Germany

ISBN 978-3-939465-54-6

Danksagung

Der Erlös aus dem vorliegenden Buch soll der Förderung von Afrika-Projekten im Bereich Bildung und Schule durch die Bereitstellung von Hilfen für benachteiligte Kinder, Kleinstipendien und den Bau einer Dorfschule in Kamerun zu Gute kommen.
Auch die Förderung afrikanischer Literatur von im deutschsprachigen Raum lebenden Afrikanern soll damit unterstützt werden.

Afrika Kulturinstitut, Mannheim

INHALTSVERZEICHNIS

Vorwort

Nach seinen Erzählbänden „Schwarzer sein im weißen Himmel" und „Im Spinnennetz der Privilegien", die die Leser mit vielen eindrucksvollen Geschichten fesselten und einen literarischen Beitrag zur Völkerverständigung leisteten, wendet sich Andre Ekama in seinem neuen Buch mit der Schilderung phantasievoller und zum Teil realitätsnaher Situationen an die Gesellschaft und versucht wiederum mit einer Art Brückenschlag verschiedene Denkanstöße zu geben. Dies erlebt zum Beispiel Ajomkere, einer der Hauptfiguren dieses Werkes, der seine politischen Pflichten wahrnehmen will ohne sich von vorne herein disqualifiziert zu fühlen. Ähnlich ergeht Orimyakuba, der auch als Schwarzer unter der deutschen Flagge seine Energie für die Armee einsetzt und trotzdem viel zu spät vom Kommandant zur Beförderung vorgeschlagen wird. Seine Anstrengungen bringen selbst seine Kameraden zum Staunen: Er engagiert sich als Soldat und ist bereit, für die Verteidigung des Vaterlandes zu kämpfen. Manche erkennen ihn zwar noch als Schwarz-Afrikaner, obwohl er in Uniform unter verdeckten Gittermasken während der Patrouillen äußerlich kaum von anderen im Regiment zu unterscheiden ist.

Vielleicht war es seine Leichtigkeit, die Befehle umzusetzen oder seine Körperhaltung, die ihn entlarvte und dennoch aus der „weißen Masse" hervorhob. Im Dienst der Armee nach Afrika zu einer Mission gesendet, erlebt Orimyakuba viele bewegende Momente in Anbetracht seiner Akzeptanz bei den Soldaten in Afrika, die ihn sofort in den Rang eines Offiziers erheben wollen, obwohl er dies noch lange nicht ist. Er ist nur ein Unteroffizier, der den Kommandant begleitet. Die Reise nach Afrika sucht er sich nicht selbst aus. Es ist eine Weisung, die er nur befolgt, aber hier wird er zum ersten Mal Afrika erleben. Als Kind zur Adoption nach Deutschland freigegeben, wächst er dort bei Pflegeeltern auf und hat kaum Berührungspunkte mit Afrika. Allein durch die Hautfarbe trägt er nach außen hin noch seine Wurzeln mit sich und dies macht ihm den Weg zum Aufstieg schwer, was für andere Kameraden unfassbar ist. Trotzdem ist er stolz darauf in der Bundeswehr seine Pflicht als Soldat zu erfüllen. Diese Pflicht lässt ihn reifen und er lernt ein disziplinierter junger Mann zu sein.

Der Autor befasst sich in den 6 Erzählungen mit dem schwierigen Thema Einbürgerung und der Auffassung vom „neuen Landsmann" mit anderen Merkmalen, die sein Äußeres prägen. Wie oft leidet Orimyakuba bei dem Satz „In meinen Augen bist

Du Afrikaner" trotz aller Zuneigung zu seinen „Landsleuten",
die ihn weiterhin einem anderen Kontinent zuordnen.
Die bittere Erfahrung des einsamen Kandidaten, der zerrissen
ist von verschiedenen Gefühlen, aber letztendlich vom Trost
gestärkt wird, nur das Beste für seine Heimat geben zu wollen,
indem er sich zum Grundgesetz bekennt.

Andreas Drombniza

Über See ins Paradies

Kwabinza hatte nicht lange gezögert als ihm eine Personalagentur einen Job als Fahrer in einer Bank im Frankfurter Raum anbot. Sein größter Wunsch war, in der Bankenmetropole zu arbeiten und dort später auch hin zu ziehen. In der kleinen Stadt an der Bergstraße, wo er noch wohnte, hatten sich mittlerweile alle Jobchancen für ihn erledigt. Mal war er als Tankwart beschäftigt, mal als Kurierfahrer. Der Weg nach Europa hatte ihn einiges an Geld und Zeit gekostet. Nachdem er seine Heimatstadt Kelawa verlassen hatte, hielt er sich zunächst in verschiedenen afrikanischen Ländern auf. Sein damals angestrebtes Ziel war ein schönes Leben jenseits der Sahara. Es vergingen insgesamt 5 Jahre bis er dann in Marokko ankam. Dort waren die behördlichen Kontrollen strenger. Einmal wurde er dort verhaftet, weil er keine gültigen Papiere hatte. Seine Bemühungen, Asyl zu beantragen blieben erfolglos.

Auf Grund seiner künstlerischen Begabung war er beliebt. Er malte Menschen auf der Straße oder musizierte und bekam dafür gutes Geld. Einmal traf er seinen Cousin in Casablanca. Er lebte in Europa und verbrachte in Casablanca seinen Urlaub mit seiner belgischen Frau Helen. Sie waren beide angetan als er ihnen zum Abschluss ein gemaltes Porträt überreichte. Helen bedankte sich mit 50 Dollar dafür. Sie versprach ihm nach ihrer Rückkehr in Belgien ein namhaftes Atelier zu kontaktieren, damit es mit ihm zusammenarbeiten könne. Kwabinza sollte sich zunächst einen Pass besorgen, da er noch keinen hatte. Er hatte sich zuvor in Marokko über verschlungene Grenzwege Zuflucht verschafft und konnte sich über diese Methode auch in anderen Ländern Afrikas Zutritt verschaffen. Aber nun musste er ordentliche Papiere haben, um seinen Status in Casablanca zu verbessern. Bereits in Guinea hatte er eine ähnliche Chance verpasst, da sich niemand finden ließ ihm Tipps zu geben. In einem Café hatte er einen reichen Nigerianer kennen gelernt. Dieser Mann hatte ihn gefragt, ob er ihm sein Land zeigen und ihm Türen öffnen solle damit sie beide in Diamantengeschäfte einstiegen. Ein solches Angebot klang zunächst sehr verlockend, aber für Kwabinza hatte es jedoch keinen Sinn, da er doch unbedingt nach Europa gehen wollte.

Er dachte sich, wenn er vorher nicht über eine Diamantenmine verfügte, dann würde er auch bei seiner Rückkehr nicht in den Genuss kommen eine Diamantenmine zu besitzen. Der wohlhabende Nigerianer hatte ihn zwei Tage Bedenkzeit für seine Entscheidung zu einem solch attraktiven Geschäft eingeräumt.

Er hatte immer wieder davon gehört, dass es im Kongo auch viele Diamanten gäbe. Kwabinza hatte den Nigerianer davon zu überzeugen versucht, dass er ihn besser bei seiner Kunst, Bilder zu malen, unterstützen solle. Aber dieser zeigte kein Interesse an solchen Kunstprojekten. Als sie sich wieder im gleichen Café trafen, waren sie wieder an dem Punkt angelangt, an dem Kwabinza keine Vorteile mehr für sich erkennen konnte.

Er resignierte und gab zu verstehen, dass er in Marokko andere Pläne verfolgte und die Diamantenbranche nicht die geeignete sei. Der Nigerianer war schockiert, wie man so etwas ausschlagen könne und lächelte ihn mit ernstem Gesichtsausdruck an. Er sagte zu Kwabinza: „Wünschen Sie sich denn gar nicht wie ich zu sein? Schauen sie doch mal mein Auto an! Das und ein Luxusleben könnten Sie sich leicht erfüllen. Das Leben gehört den Mutigen, nicht den Angsthasen, die nichts wagen."

Kwabinza erwiderte: „Ja, mutig bin ich auf jeden Fall. Denken Sie, ich bin zu Fuß nach Casablanca gekommen? Suchen Sie sich jemand anders für ihr Diamantprojekt, Sie werden keine Probleme haben, jemanden zu finden."

Dann verabschiedete er sich und verließ das Café. Daheim angekommen fühlte er sich wie befreit durch die Entscheidung, die er getroffen hatte. Ein Onkel hatte ihn öfters vorgewarnt, dass, wenn man schnell zu Geld käme, die Stolperfalle nicht weit weg sei. Als er einem guten Freund aus Benin das Ganze erzählte, lächelte dieser und meinte: „Ich an deiner Stelle hätte das Angebot angenommen, um vom Schicksal befreit zu werden. Nun hast Du deine Chance verpasst!"

Dennoch bereute Kwabinza seine Entscheidung keineswegs. Er wurde vielleicht anders erzogen als die meisten seiner Freunde mit anderen Wertvorstellungen. Seine Freunde würden sich auf der Suche nach dem Glück eher skrupellos mit allen möglichen Mitteln anfreunden.

Für ihn bedeutete es, im Schweiße seines Angesichts sein Brot zu verdienen. Er distanzierte sich immer mehr von denjenigen, die ihn auslachten und ihm mangelnden Realismus unterstellten. Doch nur er selbst kannte seine Beweggründe und blieb zufrieden mit dem was er hatte, wobei er durchaus auch Ziele hatte, die er in seinem Leben erreichen wollte.

Im Laufe der Zeit gab es immer mehr Vermögende in seinem Freundeskreis, die anscheinend über Nacht zu Geld gekommen waren. Sie hatten Luxusautos. Jeder wollte den anderen damit übertreffen. Einen Gebrauchtwagen zu fahren war in dieser neureichen Schicht verpönt.

Dennoch blieb Kwabinza davon unbeeindruckt und lief weiterhin zu Fuß oder gönnte sich ein Taxi, wenn er es sich leisten konnte. Casablanca hatte etliche Neureiche angezogen, die die Diskotheken füllten und großzügige Trinkgelder spendierten. Über die Herkunft seines Vermögens wollte jedoch niemand sprechen. Frei nach dem Motto: Geld hat man, darüber spricht man nicht. Die Polizei machte sich auf die Suche nach einigen Neureichen. Man konnte Beamte in Zivil in feinen Restaurants beobachten, wie sie sich unter die Gäste mischten, um vielleicht etwas auszuspionieren. Manchmal hatten sie das ganze Restaurant reserviert. Für die Betreiber waren dies gute Zeiten. Sie konnte ihre Umsätze erheblich steigern.

In dem Stadtteil, wo Kwabinza wohnte, lebte auch eine ganze Reihe von Leuten, die über verschiedene Wege hierher gelangt waren. Sie alle hatten dies mehr oder weniger als Zwischenstation auf der Reise nach Europa angesehen.

Aber Arbeit war auch im Norden Afrikas wie in Marokko nur schwer zu finden. Es war ein täglicher Überlebenskampf. Der Weg zurück blieb einfach undenkbar. Dennoch herrschte eine gewisse Solidarität unter den Flüchtlingen, die sich selbst nicht gerne so bezeichneten. Jeder von ihnen gab der Regierung seines Heimatlandes die Schuld für seine Flucht ins ungewisse Abenteuer. Kwabinza vermisste die langen Abende, in denen er mit seinen Cousins zusammen saß und man sich gegenseitig von den Alltagserlebnissen erzählte. Nun aber hatte er den Kontakt zu ihnen verloren. Seit 6 Jahren versuchte er schon ins ferne Europa zu kommen. Er gab jedoch seine Hoffnung nicht auf und war fest davon überzeugt, dass er es eines Tages schaffen würde. Den anderen in seinem Umfeld erging es ähnlich. Man hoffte auch auf eine Chance, dass die Grenzkontrollen mal nicht so gut funktionierten und dann der Weg frei wäre in eine bessere Zukunft. Die Kontakte zu den Passagieren aus Melilla waren wichtig. Diese waren gut vernetzt und konnten ihre Klientel mit Erfolgserlebnissen überzeugen. Dies beruhte auf zahlreichen Fotos von ihren Kunden, die es bereits geschafft hatten in Europa zu leben trotz der vielen Gelder, die sie dafür bezahlen mussten. Über die Beträge redeten sie nicht. Durch ihr Äußeres konnte man erkennen, dass es für die Schleuser ein lukratives Geschäft war. Sie versprühten einen Hauch von Luxus. Manche hatten viele verschiedene Namen. Dies diente der Verschleierung, denn sie wollten unerkannt bleiben.

Die Polizei war ständig wachsam und auf der Suche nach dieser Personengruppe. Sie verschwanden immer wieder und wickelten ihre illegalen Geschäfte an wechselnden Orten ab. In den Nächten fanden sie den Weg in die Wüste und liefen dort mit ihren Klienten in Richtung Grenze. Das war für Leute mit angeschlagener Gesundheit schwer, sie litten oft unter Atemproblemen. Kwabinza träumte schon lange von einem solchen Tag. Er hatte schon einen Teil der Summe mit mühselig zusammengespartem Geld bezahlt und sparte noch für die nächsten Raten. Diesmal hatte er einen Job als Tellerwäscher in einem Hotel gefunden. Die Bezahlung war kläglich, aber zumindest hatte er zu essen, durch die vielen Essensreste konnte er Lebensmittel sparen. Als er Casablanca verlassen hatte, um nach Melilla zu kommen, waren seine gesamten Ersparnisse aufgebraucht. Im Gegensatz zu Casablanca teilte er sich in Melilla ein Zimmer mit sechs Leuten, was wiederum Miete sparte. Kwabinza war in Gedanken längst an der anderen Seite des Mittelmeers angekommen. Dort, wo er nach all den Jahren sein Glück versuchen wollte. Er bildete sich sogar ein, dass die Luft in Melilla schon anders sei. Als einer seiner Zimmergenossen noch einen kleinen Schwarz-Weiß-Fernseher ins Zimmer stellte, waren diese jungen Leute in ihrer Motivation nach Europa zu kommen noch weniger zu stoppen. Sie bildeten sich ein, ihr Geld mit Fußball spielen verdienen zu können. In einer der besten Mannschaften spielte einer, der mit Kwabinza als Straßenfußballer in Kinshasa gekickt hatte. Darauf war Kwabinza stolz. Er behauptete aber stets, dass er eigentlich damals noch besser war als sein Mitstreiter, der es nun so weit gebracht hatte. Seiner Meinung nach seien sowieso alle europäischen Mannschaften an „schwarzen Perlen" interessiert. Er sagte, dass er spielen werde, egal, was sie ihm zahlen würden. Die anderen Zimmergenossen hatten andere Pläne. Bartelemy war stolz auf seine Körpergröße von 2,05 Meter. Er malte sich eine Zukunft in den USA aus, wo er mit dieser Körperlänge im Basketball etwas werden könne. Alle spotteten jedoch über den kleinen Simabiko, weil er nicht sportlich aussah, sondern nur eine große Klappe hatte. Er hatte die Universität in Daressalam besucht und war trotz einem guten Masterabschluss in Biologie arbeitslos. Seine Eltern machten sich Sorgen, dass ihr ältester Sohn nie etwas finden würde und ihnen bis zum Tode auf der Tasche liegen würde. Daher hatten sie sich verschuldet, um ihn auf seiner Abenteuerreise zu unterstützen. Seine Mutter hatte sich bei der Frauengemeinschaft eine stattliche Summe geliehen, die sie mit Zinsen zurückbezahlen musste. Der Sohn war nun schon zwei Jahre weg und hatte noch nicht einmal die Hälfte des Geldes geschickt. An jedem Tag, der mit dieser Perspektive verging, fühlte sie sich zusehends unwohl. Er bekam ein Visum für Tunesien und lenkte dort in Melilla sein Schicksal mit

Gelegenheitsjobs, um irgendwann in diesem Leben noch ans Ziel seiner Träume zu kommen. Noch nie zuvor hatte Simabiko einen Brief an die Eltern geschrieben. Er schrieb: „Meine lieben Eltern, ich danke euch für eure Unterstützung. Ich schließe euch immer in meine täglichen Gebete ein. Der Gedanke, dass ihr mir eure gesamten Ersparnisse gegeben und damit nicht genug auch noch Schulden gemacht habt, macht mich unsagbar traurig und setzt mich stark unter Druck. Die Finanzierung meines Studiums könnte schon längst Früchte tragen, wenn sich der Staat seiner Verantwortung mehr verpflichtet fühlen würde. Leider seid ihr in eurer Hoffnung allein gelassen, aber ich habe immer noch die Hoffnung auf diesem abenteuerlichen Weg noch die Früchte meines erfolgreichen Studiums ernten zu können. Ich bin nun nicht in den Tropen, sondern im trockenen Wüstenklima gelandet. Viele Freunde von mir haben es auch so schwer. Es bedeutet nun, nicht nachzulassen und Ausdauer und Tapferkeit an den Tag zu legen. Nur derjenige, der diese Tugenden nicht verliert und nach vorn blickt, wird weiterhin durchhalten, denn die Hoffnung stirbt immer zuletzt. Der Kompass, den ich mir gekauft habe, zeigt stets in Richtung Norden, und an manchen Tagen weht mir ein herrlicher Wind aus dieser Richtung entgegen und reißt meine gesamte Verzweiflung nieder. Nun schaue ich auf den Horizont und möchte den Weg finden, den ich die ganze Zeit für mich erhoffte. Diesen Weg, der mich dazu befähigen kann, euch das zukommen zu lassen, was ihr verdient.‟

Endlich hatte Simabiko seinen Eltern geschildert, was ihn bewegte. Er wollte sie jedoch nicht unnötig noch mehr beunruhigen, sondern ihnen Hoffnung und Mut machen. Dass es ihm an manchen Tagen viel schlimmer erging als er es im Brief zugegeben hatte, wollte er den Eltern nicht eingestehen. Gerade für seinen sensiblen Vater, der seit der Verschuldung zu Depressionen neigte, wäre dies zu viel.

Ein anderer Zimmergenosse hatte die Angewohnheit sich ans Fenster zu stellen und lauthals zu singen. So konnte er sich entspannen. Immer wieder hörte man von ihm neue Texte mit schönen, einprägsamen Melodien, die alle Zuhörer in Staunen versetzten.

In diesen Momenten fragte er sich, ob er vielleicht Musiktalent hatte, es aber nicht nutzte. In den Texten konnte man die Tiefe seines Empfindens heraushören. Vor allem die häufige Wiederholung der Worte „Hoffnung‟ und „Ausdauer‟ konnte man als Schlüsselbegriffe für jeden auf der Reise verstehen. Es geschah nicht selten, dass Zuhörer ihm kräftig applaudierten und ihn zu Kleinveranstaltungen einluden. Simabiko wünschte sich größere Auftritte, um mehr Leute anzusprechen. Er fing nun an, seine Texte zu schreiben und täglich zu proben. Seine Mitbewohner waren zwar von dem neuen Weg ihres Zimmergenossen irgendwie beeindruckt, aber dieser erzeugte bei ihnen dennoch komische Reaktionen. Manchmal fanden sie ihn zu laut und baten ihn dann leiser zu sein oder gar aufzuhören. Obwohl Simabiko all ihre Kommentare zum Sportgeschehen, die sie vor allem abends am Fernseher abgaben, nicht störten, sogar wenn er gerade am Einschlafen war. Er nahm alles mit Humor und bewahrte die Ruhe. Eines Tages sang er in einem Café und erweckte die Aufmerksamkeit eines großen Herrn. Simabiko stimmte gerade seine Gitarre, als ihn der große Mann fragte, ob er bei ihm vor hunderten geladenen Gästen singen wolle. Ein weiteres Angebot kam von einer Dame, die ihn als Clown für die Geburtstagsparty ihres Mannes bestellen wollte. Immer wieder waren die Leute von seiner Ausstrahlung und der Art, wie kunstfertig er die Töne traf, fasziniert. Wenn er dann noch erzählte, dass er erst in Melilla mit der Musik angefangen hatte, war das Erstaunen umso größer. Für den großen Mann gehörte Simabiko eindeutig zur Musikelite im Land. Er fand es nur schade, dass er sein Musiktalent nicht schon in frühen Jahren entdeckte. Es war zwar noch nicht zu spät, ein Star zu werden, aber eines sollte ihm klar sein, dass er sich weiter unablässig um Kontakte bemühen müsste. Die Leute seien auch an Musikkassetten und CDs interessiert. Wenn er gefragt wurde, ob er denn schon Musikkonserven auf den Markt gebracht hätte, verneinte er dies stets, zum allgemeinen Bedauern. Viele meinten er sei noch ein Amateur trotz seiner guten Stimme. Simabiko trainierte fleißig, da er nun merkte, was für einen wichtigen Platz die Musik in seinem Leben jetzt einnahm. Die Bewunderung der Leute motivierte ihn stark. Sein Motto lautete: „Es ist nie zu spät. Niemand sollte die Hoffnung aufgeben, solange der Tag noch nicht vorbei ist."

Vielleicht käme dieser Tag noch irgendwann, wenn ihm der Durchbruch gelänge und er von seiner Musik gut leben könnte. Sein Großvater hatte ihm einmal gesagt: „Mein Enkel, was immer du im Leben tust, tue es mit Leidenschaft. Streng dich an, überall kann man Menschen glücklich machen."

Diese Gedanken kreisten jetzt immer öfter in seinem Kopf. Als Kind scherte er sich wenig darum, aber nun musste er sich eingestehen, dass der Großvater wohl Recht behalten hatte.

Der Opa hatte ihm viele Sprüche und Lebensweisheiten erzählt, wenn er ihn im Dorf besuchte, die er lustig bis langweilig fand.

Nun leiteten ihn diese Lebensweisheiten dazu an, sich öfter selbst zu prüfen, ob das Erreichte wirklich schon das war, was er sich vorstellte. Dies forderte ihn und brachte ihn irgendwie in eine andere Dimension des Denkens. Er löste sich dadurch zeitweilig von den Schwierigkeiten und den Frustrationen im Alltagsleben, so dass er Mut bekam, etwas Neues anzufangen und daran zu glauben. So änderte sich Simabiko mit der Zeit. Er hatte gelernt, sein Schicksal nicht zu bereuen, sondern es als Lebensabschnitt zu begreifen, der ihn vor eine Reifeprüfung stellte, sich auf das Neue vorzubereiten. Seine Lebenseinstellung bewunderten viele in seinem Bekanntenkreis, da sie aus eigener Erfahrung nachvollziehen konnten, dass dies alles andere als leicht war. Er bereute nicht die Zeit in Melilla, wo täglich kämpfte, um ein Stück Brot zu verdienen. Der Aufenthalt in Melilla hatte aus ihm insgesamt einen anderen Menschen gemacht. Dort hatte er seinen Glauben gestärkt. Auch wenn er eine andere Auffassung von Religion hatte, lebte er mit der Einstellung, dass das Leben eine ständige Suche nach den verschollenen Perlen sei. Begäbe man sich auf die Suche, dann würde man Ausdauer brauchen. Hier in Melilla fühlte er sich jetzt wohl. Er wurde von den Menschen geschätzt – als Mensch und Musiker. Unter den Straßenmusikanten war er die Nummer Eins, die in einer eigenen Band spielte und auf Tournee war mit neuen Liedern.

Er war nun in ein anderes Zimmer eingezogen und hatte mittlerweile einige CDs auf den Markt gebracht. Seine beiden Freunde Kwabinza und Tschambasso hatten ihre Europapläne noch nicht aufgegeben, obwohl derjenige, dem sie schon ein Teil der Summe bezahlt hatten, um ihnen die Flucht nach Europa zu ermöglichen, mittlerweile von der Polizei inhaftiert worden war. Es war ein harter Schlag für viele, die ihm schon Geld gegeben hatten ohne eine Gegenleistung bekommen zu haben. Sie hatten jetzt zu einem anderen Schleuser Kontakt, der ihnen versprochen hatte sie an das andere Ufer, die spanische Küste zu bringen. Die Überfahrten mit dem Boot waren riskant, viele verloren dabei ihr Leben. In der Nacht stiegen die vielen Menschen, die bereit waren ein neues Leben zu starten und nichts bei sich trugen als das, was sie auf dem Leib an hatten. Das Boot war überfüllt. Es waren nicht nur Männer, sondern auch dutzende Frauen, die mit großem Willen und Tapferkeit die Reise angetreten hatten. Das Boot schwamm in der Stille der Nacht und blieb unbemerkt, so als ob keine Menschenseele an Bord gewesen wäre. Alle hielten den Atem an und folgten den Männern, die unermüdlich an den Rudern waren und all ihre

Aufmerksamkeit und Energie einsetzten, damit das überfüllte Boot nicht kenterte. Sie waren schon ungefähr 3 Stunden unterwegs und das spanische Ufer war noch fern. Plötzlich hörte man Geräusch, das sich anhörte, als sei jemand ins Wasser gefallen. Es war eine Frau, die vor Schwäche in Ohnmacht gefallen war.

Zum Glück hatte Kredibo die Szene beobachtet und sich beherzt ins Wasser gestürzt, um sie vor dem sicheren Ertrinken zu retten. Er war ein sehr guter Schwimmer und war bei fast allen Überfahrten dabei. Er verdiente daran nicht schlecht. Für ihn war es reine Routine Menschen vor solchen Unfällen zu retten. Unzählig waren die Situationen, die er bei dieser Tätigkeit schon erlebt hatte. Nur ungern erzählte er davon. Sein Lächeln jedoch verriet, dass noch nichts Schlimmeres passiert war. Im Alter von nur 4 Jahren konnte er bereits schwimmen. Man hatte ihm daher den Spitznamen „Hai" gegeben. Viele, die den Weg ins Abenteuer wagten, saßen zum ersten Mal in ihrem Leben in einem Boot und konnten sich kaum vor Angst und Not helfen. Manche waren ohne Meererfahrung aufgewachsen. Man vertraute einfach auf den Beistand von Gott bei der Überfahrt, der auf keinen Fall eine Tragödie zulassen würde. Solange es keinen Sturm gab, war kein Anlass zur Panik gegeben. Man konnte sehen, welch psychische Stärke jeder in sich hatte, um das Ziel zu erreichen. Es konnte für viele eigentlich nur noch besser werden, sie hatten nichts mehr zu verlieren. Dass einige bei diesem abenteuerlichen Ausflug ihr Leben geopfert hatten, war für die Bootspassagiere keine Warnung. Einer von den Flüchtlingen sagte: „Selbst, wenn man im Flugzeug sitzt, setzt man sich einer Gefahr aus. Jeder Schritt, den man geht, ist eine potenzielle Gefahr, auch wenn man nur eine Straße überqueren will."

Dieser Flüchtling hatte auch nichts mehr zu verlieren. Das Haus, das er besaß, hatte er verkauft. Sein Geschäft hatte er abgegeben. Als ihm ein Freund von der Möglichkeit nach Europa zu gehen erzählt hatte, sagte er: „Du kannst neu anfangen, wenn du nur stark genug bist. Du kannst dein Glück woanders versuchen. Noch bist du jung genug. Nur, wenn du den Mut hast Afrika übers Meer zu verlassen, lernst du wie tapfer du bist."

Für ihn klang es im ersten Moment wie eine Predigt, aber es waren die Worte eines Entschlossenen, der schon bereit war sich der Herausforderung zu stellen. Eine Einstellung, die nicht jeder vertrat, die aber schon so manch einen zur Überfahrt motiviert hatte. Ein Flug nach Europa war natürlich zu kostspielig und die Einreiseformalitäten konnte keiner der Aspiranten erfüllen. So gab es für diese Menschen keine Alternative dazu, Afrika zu verlassen. Vorsicht war für diejenigen geboten, die glaubten wenn sie erst einmal in Europa angekommen wären, dass dann der Rest wie von allein ginge und man automatisch ein besseres Leben hätte. Bugam verriet seinem Freund natürlich nicht, dass er beim ersten Versuch scheiterte und abgeschoben wurde. Damals fand einen Job in der Rezeption eines Hotels in seiner Heimatstadt. Dort lernte er eine Touristin aus Rotterdam kennen. Diese Dame war sehr sympathisch und hatte ihm bei ihrer Rückkehr eine Einladung in die Niederlande geschickt. Er hatte alle erforderlichen Unterlagen in der Botschaft vorgelegt. Dennoch wollte man wissen, welche Beziehung er zu dieser Dame pflegte. Er gab zu, dass es rein privat sei. Über die Intimität der Beziehung wollte er nichts sagen. Das ginge schließlich niemanden etwas an. Der Sachbearbeiter äußerte große Zweifel daran, dass sich die Ausländerin so blindlings dem Afrikaner anvertraute und schüttelte nur den Kopf. Sie hatte der Botschaft die Verpflichtungserklärung und Bankauszüge geschickt. Sie hatte eine Immobilienfirma und war finanziell sorgenfrei. So war sie in der Lage ohne weiteres noch jemanden zu verpflegen. Dennoch zögerte die Botschaft, aber letztendlich gab sie dem Druck ihrer Anwälte nach, die per Fax die Botschaft um das Visum ersuchte. So bekam Bugam das ersehnte Touristenvisum nach 6 Monaten. Es war auf 1 Monat befristet, da man der Meinung war, dass ein Angestellter nicht so lange auf seine Arbeit verzichten solle.

Bugam folgte dem Rat seiner Tante, die schon im Ausland gelebt hatte. Sie sagte ihm: „Du hast Anspruch auf ein Visum mit 3 Monaten Gültigkeit. Sobald diese 3 Monate abgelaufen sind, können die Behörden es nicht mehr verlängern und du musst das Land verlassen."

Die nette wohlhabende Gastgeberin musste sich eine Woche vor Ablauf der Frist einer Notoperation unterziehen und wurde ins Hospital eingeliefert. Für Bugam war es problematisch, sich bei den Behörden vorzustellen. Er konnte kein Wort Holländisch sprechen und zweifelte, dass diese seine Landessprache verstehen würden. Auf dem Marktplatz traf er verschiedene Afrikaner. Jeder von ihnen gab ihm einen Rat, wie er dieses Problem bewältigen könne. Die einen meinten, es würde nichts passieren solange er keine Probleme hätte mit der Gastgeberin. Andere gaben ihm den Rat, er solle die Wohnung schon verlassen bevor man ihn suchen würde. Warum sollte er diesen Schritt tun? Er hatte gar keine Motivation dazu, da diese nette

Dame ihm zum Nulltarif ihre schöne Heimat vorstellte. Daher schien zu fliehen nicht der geeignete Weg zu sein. Die Tage vergingen und Bugam unternahm nichts, um die Aufenthaltsfrage zu klären.

Nun hielt er sich also illegal in den Niederlanden auf, da sein Visum mittlerweile abgelaufen war. Als die Dame das Krankenhaus verlassen hatte, sah sie im Kalender nach und sagte zu ihm: „Mein lieber Bugam, es war schön, dass du bei mir wohnen konntest. Nun aber wird es ernst, da ich mich an die geltenden Gesetze halten möchte. Ich muss dich abmelden und dich bitten, nach Afrika zurückzukehren. Du hättest schon vor 2 Wochen den Rückflug nach Kinshasa nehmen müssen. Das hast du leider versäumt. Ich werde die Fluggesellschaft kontaktieren, ob sie deinen Platz an jemand anderes vergeben konnte, da ich sonst das Geld für den Flug verloren hätte und dir ein neues Flugticket besorgen müsste. Das werde ich dann auch tun, da ich mich nicht vor der Ausländerbehörde rechtfertigen möchte. Du warst mein Gast, und ich möchte den Eindruck erwecken, dass ich mich gut um dich gekümmert habe.

Bugam war erschüttert über diese klaren Worte, weinte sehr und konnte seine Trauer nicht unterdrücken.

Er sprach: „Ja, Dexia, nun weiß ich nicht, was ich tun soll. Was wird meine Familie in Afrika erzählen? Was werde ich mir alles anhören müssen? Ich weiß schon, wie schwer es ist, aber hast du keine Idee, wie wir diese Situation meistern können? Was ist mit dem Asylheim? Ich könnte doch Asyl beantragen? Ich bin in Afrika schon für ein paar Tage im Gefängnis gesessen wegen meiner spitzen Bemerkungen. Sieh doch, ich trage noch eine Narbe von damals."

Die Dame konnte diesen Gedanken nicht ganz folgen. Sie hatte keine Ahnung davon, was noch auf sie zukommen könnte. Auf keinen Fall wollte sie einen Asylbewerber unter ihrem Dach haben. Ihr Anwalt würde ihr bestimmt davon abraten, so etwas zu wagen.

Als sie bemerkte, dass Bugam zornig wurde und behauptete, dass er das Haus nicht verlassen werde, rief sie die Polizei an. Innerhalb einer Viertelstunde war das Haus von Polizisten umstellt, als wollten sie einen Schwerverbrecher stellen. Sie griffen Bugam und fuhren ihn direkt zur Polizeiwache ohne ihn vernommen zu haben. Nachdem klar war, dass sein Visum abgelaufen war, wurde er sofort abgeschoben. So kam Bugam mit Handschellen und Polizeibegleitung am Flughafen in Kinshasa an. Er wurde von allen Leuten angesehen wie ein Dealer, der in der Heimat zurück war. Die weißen Polizisten übergaben ihn der örtlichen Polizei, die ihn noch untersuchte und eigentlich keinen Grund dafür sah, ihn so zu behandeln.

Im Polizeirevier in Kinshasa konnten die Polizisten es kaum fassen, dass man einen Afrikaner mit solch einem Aufwand zurückschickte dennoch würde man täglich Afrika mangelnde Menschenrechte vorwerfen. Sähe man es diesem schlanken Bugam nicht an, wäre er wirklich so gefährlich?

Diese und andere Fragen äußerte der Kommissar, der solche Manöver nicht länger im Flughafen dulden wollte. „Natürlich hat Afrika große Probleme, die es nicht alleine bewältigen kann. Diese Abhängigkeit ist nicht von heute auf morgen entstanden. Früher kamen die Europäer nach Afrika, um es auszubeuten. Diese Jugendlichen sind heute der Illusion des Wohlstands verfallen", sagte er. Sein Unteroffizier Gamojebe erwiderte: „Ich bewundere diese jungen Leute nicht. Hier habe ich meine kleine Farm, mein Häuschen, meine Kinder und kann mich natürlich von dem ernähren, was der Boden hergibt. Was brauche ich noch mehr. Da in Europa bauen sie genmanipuliertes Gemüse und Früchte an und wer weiß noch was alles an."

Darauf fing Bugam an zu lächeln, da er merkte, dass er immer noch einer von ihnen war.

Man sagte ihm, er sei frei, solle nach Hause fahren und sich ausschlafen. Er solle die Schikane vergessen und hierzulande etwas anfangen. Er werde es schaffen, wenn er nicht zu hohe Erwartungen hätte, fügte der leitende Oberkommissar hinzu. Er wusste, wie man mit einer solchen Situation umzugehen hatte, da Depressionen nach einem Scheitern meist vorprogrammiert waren. Er hatte schon Fälle erlebt, wo die Betroffenen sogar verrückt wurden. Damit müsse man in dem Job leben, zumindest hier in Afrika, meinte er. Man müsse aber den Europäern hier im Land auch deutlich machen, dass sie immer gut und gastfreundschaftlich behandelt würden, und dass man das Gleiche auch von ihnen erwarten würde, wenn Afrikaner nach Europa kämen. Gott hätte alle Menschen erschaffen, ob weiß, schwarz, rot oder gelb, alle seien verletzbare Wesen. Daher verurteile er solche Manöver, die Menschen auf ein verachtendes, unteres Niveau herabsetzten. Man solle sich die Vögel zum Beispiel nehmen. Sie könnten frei entscheiden in welche Richtung sie fliegen möchten. Warum nur müssten wir Menschen überall auf der Welt Grenzen ziehen und andere von ihrem Leben ausschließen? Dann lachten sie alle voller Ironie und lästerten gemeinsam darüber, dass nur das liebe Geld dafür verantwortlich sei. Wir lassen hier doch unsere Dörfer hinter uns, da kein Geld zu verdienen ist. So würden die Grenzen der reicheren Länder geschlossen, weil die ärmeren nur ihr Geld wollten. Geldmacht sei Weltmacht. Am Gold hängt's zum Golde drängt's. Dessen müsse man sich bewusst sein. Mit der afrikanischen Währung gäbe es keine Hoffnung auf Stabilität. Das sei die bittere Wahrheit über die Ungleichheit der Völker, die Ungleichmäßigkeit der Geldverteilung. Sogar hier im Lande, wo die Kluft zwischen Arm und Reich immer stärker sei. Dieses Thema war nie auszudiskutieren. Jeder versuchte mehr oder weniger seine Lage zu verbessern, aber ein Geheimrezept dafür schien es noch nicht zu geben. Im Radio hörte man gerade Nachrichten. Es war von einer neuen Flüchtlingswelle die Rede. Ein überfülltes Boot wurde samt Passagieren wieder von der spanischen Küste zurückgeschickt. Bei dem Gerangel während der Grenzkontrollen wurden einige Flüchtlinge schwer verletzt und konnten dennoch fliehen. Diese Nachricht schlug in dem afrikanischen Polizeirevier wie eine Bombe ein und regte zu hitzigen Diskussionen an. Jeder versucht die Szene zu rekonstruieren und neu zu kommentieren. Manche meinten, dass das Boot samt Passagieren abgeschossen worden wäre, andere vertraten die These, dass die Konfrontation mit den Grenzschützern so heftig gewesen sein müsse, dass viele Menschen vor Verzweiflung ins Wasser gesprungen seien und damit lieber den Tod in Kauf genommen hätten anstatt wieder zurückgeschickt zu werden. Welche Version war nun die zutreffende? Dies wurde auch von den Zeitungen thematisiert. In der Stadt schaute man schon verdutzt drein, wenn sich jemand ein paar Tage nicht mehr blicken ließ. Da kam bei den anderen Familienangehörigen sofort der Verdacht auf, dass derjenige Verwandte wohl auf dem Boot gewesen war. Über die Identität der Bootspassagiere gab es keine Hinweise. Bei einer Familie hörte man lautes Geschrei. Dort wurde schon seit 6 Monaten ein Sohn vermisst. Er hatte schon des Öfteren davon gesprochen mal eines Tages übers Meer ins gelobte Land oder Paradies zu verschwinden. Anfangs konnte man ihn noch per Handy erreichen als er sich noch im Landesinneren aufhielt. Dann brach der Kontakt plötzlich ab. Man hatte ihn dennoch nicht ganz abgeschrieben, da er für seine kämpferische Zähigkeit bekannt war. Am nächsten Tag konnte man die Bilder mit den Bootspassagieren in den Zeitungen sehen. Alle hatten Decken bekommen und schienen sehr müde zu sein.

Im Fernsehen gab es auch einen Bericht. Da hatte man zufällig Kwabinza gesehen, wie er sich mit seinen Kameraden vor der spanischen Küste mit Grenzsoldaten unterhielt und ihnen die Gründe für seine Flucht erläuterte. Eine Hilfsorganisation hatte Mitarbeiter geschickt, um vor Ort Unterstützung zu gewähren. Auf Druck der Diplomatie und der Wohltätigkeitsorganisationen wurden viele der Flüchtlinge in Flüchtlingscamps in Spanien untergebracht. Darunter war auch eine Frau, die ihr Baby auf dem Boot zur Welt gebracht hatte und dringend ärztlich versorgt werden musste. Deren Bild wurde von einem Grenzsoldat fotografiert und gegen gutes Geld von den Zeitungen abgedruckt. Ein solches Bild drückte per se schon aus, wie Menschen aus Not ihren Körper opfern. Viele Mütter von Kindern weinten als sie das Baby sahen. Nach ihrer Auffassung war so etwas nicht tapfer sondern eher fahrlässig. Wie konnte sich jemand hochschwanger einem solchen Risiko aussetze?. Diese Frage war in aller Munde. Das Gesicht dieser Frau konnte nicht erkannt werden. Niemand wollte zugeben, dass es vielleicht jemand aus seiner Nachbarschaft sein könnte. Nein, so grausam könnte eine unserer Frauen doch nicht sein. Dieser Refrain war nun als Appell an die jungen Frauen, insbesondere Schwangere, gerichtet: Keine sollte diesem schlechten Beispiel folgen. Der Kommentator fügte hinzu, dass einige Flüchtlinge wohl aus Schwäche und Müdigkeit vor der Küste ertrunken waren. Über die Zahl der Flüchtlinge auf dem Boot gab es nur Vermutungen. Journalisten interviewten Bootspassagiere und hinterfragten vor allem die Motive für eine solch gefährliche Reise. Die Antworten waren immer die gleichen. Die meisten wollten verständlicherweise ihre Wut über die Landesregierung zum Ausdruck bringen, die sie ihrer Meinung nach in unwürdigen Verhältnissen dahinvegetieren ließ. Nur sehr ungern wollten viele ihre Familien für eine ungewisse Zukunft verlassen, aber in Afrika gab es keinerlei Perspektiven für eine Besserung. Dies äußerte ein 30-jähriger, der seine Identität nicht preisgeben wollte. Seine Reue saß tief, er wollte alles loswerden. So brachte er seine Gedanken in Poesieform zum Ausdruck. Er war nun von allen anderen Flüchtlingen umrahmt. Alle konnten in seiner melancholischen Dichtung die Betroffenheit spüren, die sie selbst bewegte und quälte. Auch die Journalisten waren tief davon beeindruckt, wie würdevoll diese Poesie die Situation schilderte. Sie hätten ihm noch stundenlang zuhören können. Dass Poeten wie er die Flucht antreten wollten, müsse einem zum Nachdenken bringen, meinte einer der Journalisten. Er brachte seine Hoffnung darauf zum Ausdruck, dass sein literarisches Werk hier in Afrika veröffentlicht werden sollte. Er selbst hatte sich schon mit der Staatsmacht angelegt und dies schmerzhaft am eigenen Leib spüren müssen. Der Journalist sagte: „Eine Nacht lang folterten sie mich und verbrannten alle meine Manuskripte. Was sie nicht verbrennen konnten, waren meine Vision und die unauslöschlichen Gedanken, die fest in meinem Kopf verankert waren. Es war ein schwerer Verlust für mich, da ich Mühe hatte mehr als 1000 Seiten wieder zu rekonstruieren. Lassen Sie mich meine Seele öffnen und hören Sie nicht auf zu schreiben. Denn nur so können Sie mir helfen meine verlorenen Texte zu retten." Dann spulte er ein Gedicht nach dem anderen ab, so als ob er ein Tonband laufen lassen würde:

Schwankendes Boot
Unbeschreiblich wie es war,
so saßen hunderte Menschen in dem Boot
mit Blick in eine ungewisse Zukunft.
So bildeten sich verschiedene Altersgruppen
mit verschiedenen Zielen,
ja vielleicht sogar
mit unterschiedlicher Lebenskraft.
Das Boot verließ in jener Nacht
die afrikanische Mittelmeerküste
und verlor scheinbar unmerklich
das Gleichgewicht als ob noch mehr
Menschen hinein gestiegen wären.

Schwankendes Boot
wirst du unser Untergang sein
oder der Start in ein besseres Leben?
Hunderte von Menschen,
Hunderte von Familien.
Die können die Katastrophe nicht mit ansehen.
Das Bemühen der Flüchtlinge
der Katastrophe zu entgehen war ersichtlich.
Keine wimmernden Laute,
sondern verzweifelte Schreie
drangen durch die Nacht.
Die Meeresgötter schliefen nicht
und erhörten die ständigen,
aber immer schwächer
werdende Rufe nach Hilfe.
Wie durch ein Wunder fand das wankende,
dem Untergang geweihte Boot zurück
in seine ruhige Lage und bewahrte
so viele Menschen vor dem sicheren,
qualvollen Tod.

Hoffnung auf Wasser

Wieder ein Tag ohne Wasser zu Hause!
Wie lange soll es so weiter gehen?
Ein Rohr sei geplatzt, das ist bekannt.
Wie lange soll man dafür noch Geduld aufbringen?
Auch etwas Regen könnte Linderung bringen,
nur um meinen Durst zu stillen.
„Wo bleibt das Wasser?"
Diese Frage hört man immer öfter
in der Hoffnung, dass es bald wieder fließt.
Wer repariert endlich das kaputte Rohr?
Als ob wir nicht schon genug Leid erdulden müssen.
Diesmal bohre ich mir einen eigenen Brunnen.
Vielleicht bekomme ich so,
wonach ich so sehr suche im Moment:
Wasser zum Waschen,
Wasser zur Bewässerung meiner Plantage,
Wasser zum Trinken.
Wenn ich das schaffe,
dann wäre meine Hoffnung wahr
und meine Sorgen gemildert.
Ohne Wasser kein Leben,
so kostbar wie es ist.
Ja, nur da, wo es Wasser gibt,
dort zeigt die Natur ihre blühende,
fruchtbare Seite.

Licht in der Seele

Trotz der Misere überall
auf den Straßen soll das Licht
in der Seele weiter brennen.
Eine mutige Seele stärkt den Körper
und macht den Menschen stark genug.
Auch Schicksal im Leben
lässt sich überwinden,
vielleicht auch als Momentaufnahme,
so wie es jeden schon mal schwach gemacht hat.
Oh lass trotz allem
Licht in deiner Seele zu!
Es kommt wieder etwas Gutes auf uns zu.
Tapfer wie Soldaten
stehen wir unseren Mann
in der Zuversicht,
dass alles besser wird.

Der Optimist in uns sagt uns,
dass die Misere nicht ewig dauern kann.
Hören wir nicht auf neue Wege zu suchen,
denn Resignation
erstickt unseren Lebensmut im Keim.
Doch das Licht in unserer Seele sitzt tief
und leuchtet weiter.
Durch dieses Licht
wollen wir weiter
auf bessere Erntezeiten hoffen.

Der Sturz des großen Baumes Baobab
Ein Baobab fällt doch selten.
Was erfahre ich jetzt?
Was wird gemurmelt?
Es kann doch nicht wahr sein.
Wenn er uns so lange in seinem
Bann hatte und
uns mit all seiner Kraft unter
seiner Haube hatte,
dann sollte er nun doch
keinen Moment der Schwäche zeigen.
Dass ein Baobab so selten zu Fall kommt,
gibt mir zu denken.
Was wird wohl jetzt auf uns zukommen?
Fallen wir zusammen mit ihm?
Wir haben ihn trotz
seiner Wutausbrüche
schon angenommen.
Es macht uns Angst,
das Schicksal unseres unterdrückten
Volks, das es schon so lange
mit Geduld erträgt.
Ein Grund zum Feiern?
Es ist doch alles vergänglich in der Welt.
Auch der Baobab kann fallen.
Wozu all diese Tyrannei der Menschen,
wenn auch du einmal
auf dem Boden nieder liegst?
Ein Fall zum Nachdenken.
Es hat lange gedauert,
aber durch den gefallenen Baobab,
atmet das Volk wieder auf.

Träume eines Bauers

So schnell wie
ein Jahr vergeht,
so wird auch
meine Arbeit
auf dem Feld
gemessen.
Dass alle Samen
im Boden
Früchte tragen,
ermutigt mich
weiter zu machen.
Die Natur schenkt
mir die Kraft
und ich hoffe
jeden Tag,
dass das Wetter
mir gewogen ist
und der Ernte
zu Gute kommt.
Diese Mühe
sollte sich lohnen,
wenn ich
an den täglichen
Rhythmus denke.
Morgens früh um 6
aufs Feld und
bei Sonnenuntergang
müde und ausgelaugt zurück.
So wünsche ich
meinen Kindern
ein leichteres Leben.
Die harte Feldarbeit
kann ich nicht ewig
weiter machen.
Mit Geräten und Maschinen
wäre es weitaus leichter.
Leider kann ich
mir keine leisten
und muss allein
mit meiner Muskelkraft
weiterackern ohne Gnade.
Ich wünsche mir nur,
dass es noch lange

genug geht und
meine Familie das Nötigste
zum Leben bekommt.
Eines Tages werden
auch die Kinder groß sein
und ich werde nur
rückblickend von
dieser Zeit erzählen.
Dennoch bin ich
auf mein Feld sehr stolz.

Afrikanische Ikone
Oh Nelson Mandela.
Du bist es,
der Stolz eines
ganzen Kontinents.
Du besitzt etwas
Besonderes.
Diese Besonderheit
in deiner Haltung,
 diese Einfachheit,
mit der du deinem
Leben Sinn gibt,
erstaunt uns alle.
Daraus wollen, wir
alle ein Stück von
Dir lernen.
Du bist für uns
über Generationen
hinweg
die afrikanische
Ikone schlechthin,
der wir alle
unseren Respekt
zollen.
Du hast der Welt
gezeigt,
dass Verzeihen
mehr Erfolg und
Anerkennung
bringen kann.

Deine Lebensweisheit
zeigt, dass Hass
keine Antwort auf
das Übel ist.
Du hast es mit all
deiner Überzeugung
bewiesen und
wurdest dafür gepriesen.
Berühmt warst Du schon
als du noch hinter
Gittern saßt.
Doch nach all den
Jahren hast du nie
dein Lächeln verloren.
Bleib diese Ikone
für die afrikanische Jugend.
In deiner Gestik
kann man die Größe
Deiner Seele erkennen.
Man sieht
die Überzeugung
von jemandem,
der viel überwunden hat.
Dabei bist du
Mensch geblieben.
Oh Nelson,
wir hören nicht auf
dich zu verehren.

Am Ufer der Freiheit
Es ist geschafft!
Trotz Sturm
hat das überfüllte Boot
das rettende Ufer erreicht.
Es hat den tosenden Wellen
des Mittelmeers standgehalten.
Alle Menschen an Bord
scheinen am Ziel ihrer Träume
angelangt zu sein.
Hier lebend am Ufer gelandet
zu sein nach all den Schicksalsschlägen,

die wir erlitten haben.
Unsere Unzufriedenheit,
die uns nur diesen Ausweg aus der
Not ließ,
soll nun ein Ende haben.
Vorbei sollen auch unsere
täglichen Sorgen auf der Suche
nach Brot sein
trotz unseres Willens
eine erträgliche Arbeit
zu finden.
Vorbei auch sollen sein
die hohen Lebenskosten,
die uns lähmten
und uns zu Bettlern machten.
Hier am Ufer
ist ein Stück Hoffnung
wieder zurückgekehrt.
Hoffnung auf
ein besseres Leben
und friedvoll
alles zu meistern.
Ob wir diesen Traum
erleben können,
überlassen wir
der Grenzkontrolle.
Sie hat das letzte Wort
und bestimmt,
ob das bessere Leben
für uns vorgesehen sein
oder bis auf weiteres
verwehrt sein wird.
Alles scheint gut zu klappen,
wir sind unserem
Ziel ein ganzes Stück
näher gekommen.
So können wir
durch unsere Flucht
endlich diese Freiheit
genießen.
Rettung vor Armut
und Krankheit,
scheinbar ohne Angst
vor der Zukunft,

da es nur besser
werden kann,
so schlecht
wie es uns ging.

Irrfahrt des Kometen
Als ob hier nicht
schon genug Elend herrscht,
beschert uns
die Naturgewalt
noch weiteres Unheil,
das vom Himmel stürzt.
Scheinbar nicht so lang,
denn hier im Dorf
hat man kein Instrument,
um den Kometen zu betrachten.
Ein Wunder ist,
was unerwartet ankommt.
Wenn es unsere Probleme löst,
wird Gott seine Stärke erweisen.
Ein Komet im Feld,
was heißt das für unsre Ernte?
Vieles ist noch unerforscht,
daher bleibt es geheimnisvoll.
Unser Dorf hat den Kometen
angezogen und gelangt
so von seiner Schattenseite
in den Glanz von Berühmtheit
und hofft auf Fortschritt.
Möge unser Dorf eine neue
Identität bekommen.
Ein blühendes Dorf
scheint sichtbar zu werden.

Heuschrecken im Palast
Es ist kaum auszuhalten,
wenn die riesigen Heuschreckenschwärme
über den Palast

des großen Fürsten herfallen.
Welch ein Skandal,
den er zum ersten Mal erlebt.
Aus welchem Grund
hätte man mehr
Palastbedienstete einstellen sollen,
wenn sogar der Fürst
vor den Heuschrecken
ohnmächtig ist?
Auf keinen Fall
sollte die Nachricht
verbreitet werden.
Nur hat es sich dennoch
überall verbreitet,
was dem Palast zugestoßen ist
und macht dem Palast
noch mehr zu schaffen
als sich von der Plage
der Heuschrecken zu lösen.
Die ziehen von alleine weiter,
wenn sie nichts mehr
zu fressen finden.
Ist der Machtverlust
ein Anzeichen für Schwäche
oder ist's nur reine Willkür,
dass diese Tiere auch
im Luxus schwelgen wollen?
Für alles scheint es
einen Grund zu geben.
Liegt's vielleicht an
den Marmorwänden,
die die Schwärme anziehen
oder kommt's tatsächlich
zu Veränderungen,
die unvorhersehbar sind?
Jeder hat nach seiner Meinung Recht.
Abwarten, was die Heuschrecken
im Palast wollen.
Wie auch immer unser fürstlicher Palast
bleibt unser ganzer Stolz,
mit oder ohne Heuschrecken.

Alle waren von den vielen Gedichten begeistert und konnten so die lange Bootsfahrt für eine Weile vergessen. Man hoffte mit einem solch begabten, würdigen Menschen an der Seite auf eine würdige Behandlung aller Flüchtlinge am Tor zu Europa.

Die spanische Küstenwache der Islas Canarias grinste und wollte wissen, wer so viele Menschen mit seiner lyrischen Kunst in seinen Bann ziehen konnte. Sie bekamen die Mitteilung vom Flüchtlingskommissariat ihn besonders zu behandeln. Sie ließen ihn als Einzigen durchs Tor laufen. Damit hatte der Poet selbst nicht gerechnet. Er sollte nun in Freiheit sein und als Einziger einen Sonderstatus bekommen. Dennoch hatte er gemischte Gefühle. Er fragte, ob sie denn seine Begleiter nicht auch hereinlassen wollten. Sie nickten alle wortlos mit dem Kopf. Bidimbise konnte es kaum fassen. War dies sein Glück, der Segen der Ahnen, der ihn wie ein Magnet aus der Menge auswählte und herauszog? Was hatte er denn besonderes, was die anderen nicht hatten? Er beherrschte die Sprache der Herzen. Er fragte sich immer wieder: „Warum ich?" Dichter sein kann nun mal nicht jeder. Ihm wurde immer mehr klar, dass seine Aufgabe gerade jetzt beginnen sollte. Er sollte weiter denken, da er nun das Glück hatte im Paradies angekommen zu sein. Bidimbise war ein Talent, das im eignen Land verkannt wurde. Hier im Paradies konnte er seine Stärke zeigen und ein neues Leben in Freiheit genießen. Er sehnte sich schon lange nach dieser Freiheit und wollte den Raum dafür bekommen. Für ihn war es ein unerreichbares Luxusgut, nach dem er suchte. Um es zu bekommen riskierte er die gefährliche Überfahrt mit dem alten, überfüllten Boot.

Dass dieser Traum auch für all die anderen in Erfüllung ging, darauf hoffte Bidimbise. Sie standen immer noch da und bangten um ihr Schicksal. Bidimbise würde sich weiter für die Gerechtigkeit in dieser Welt einsetzen. Er dankte abermals Gott, dass das Boot das Schlagen der Wellen des Meeres heil überstanden hatte. Jetzt, da er diese erste große Hürde genommen hatte, wollte er viele davor warnen, dass dieser Weg mit Risiken verbunden war. Er wollte keine egoistischen Absichten unterstellt bekommen. Er wollte seine eigenen Erfahrungen mitteilen. Die Schleuser hatten schon die ganzen Ersparnisse kassiert. Mit der Dichtung wollte er seinen gewaltfreien Beitrag zum Kampf ums Überleben leisten. Bidimbise bekam nun einen Pass und eine Sozialwohnung. Am nächsten Tag war er eingeladen worden in einem Literaturhaus seine verbrannten Manuskripte wieder zu rekonstruieren und noch weitere Werke zu verfassen. Er war davon sehr beeindruckt, dass man seine

Kunst so schätzte. Es war der Weg, den er sich jahrelang in seiner Heimat gewünscht hatte: Die Förderung seines Talents. Die spanische Literaturliga konnte froh sein, einen neuen Hoffnungsträger in ihren Reihen aufgenommen zu haben. Viele Zeitungen hatten ihm schon einen Artikel gewidmet und seine Gedichte, die er anfangs an der Küste vorgetragen hatte, abgedruckt. So erweckte er die Aufmerksamkeit einiger Leser. Die Titel in den Zeitungen lauteten zumeist: „Flüchtlingsdichter im Land" oder „Afrikanische Entdeckung an der Küste".
Alle Artikel über ihn waren annehmbar und titulierten ihn als kulturelle Bereicherung für Europa.

„Es waren vielleicht noch weitere Talente auf dem Boot, die wie die neuesten Meldungen berichteten, nun doch mit vielen anderen Flüchtlingen abgeschoben worden waren", meinte Bidimbise, wenn man ihn darauf ansprach. Ob er auch in Afrika diese Chance gehabt hätte oder warum er unbedingt nach Europa flüchten musste. Auf diese und ähnliche Fragen wolle er nicht die klassischen Antworten, nämlich HUNGER – AIDS – KRIEG nennen.

Es waren drei Wörter der Schande, wie er fand, die aber nicht zu verbergen waren. Es waren aber auch Tatsachen, Realität, die noch lange nicht besiegt waren, wenn überhaupt jemals, zumindest in Afrika. Für Hungersnöte konnte man Dürre und Wassermangel verantwortlich machen, nicht Menschen. AIDS hatte sich an die Fersen derjenigen geheftet, die ihr Schicksal auf eine der schlimmsten Weisen fristen sollten. Denn gute Medikamente, die das Leben der Infizierten annehmbar machten, gab es nur in Europa oder den USA, nicht aber in Afrika, wo es vielerorts noch nicht einmal ausreichend Medikamente für einfache Beschwerden gab. Wie sollte es eine Besserung der Situation geben, wenn die Forschung nicht in Afrika stattfand? Dort herrschte die landläufige Meinung, dass man Afrika mit AIDS auf die Probe gestellt hätte, ob es damit alleine fertig werden könnte. Tatsächlich aber macht es Afrika fertig. Wo bleibt nur der Ausweg?

KRIEGE? Als ob wir nichts Besseres zu tun hätten, als uns gegenseitig zu schwächen und in Waffen zu investieren. Alle wollen regieren, Macht und Geld besitzen, wollen nicht regiert werden. Nach Bidimbises Meinung sollte als erstes für klare Verhältnisse gesorgt werden. Leichter gesagt als getan! Er entwarf einen Maßnahmenkatalog und präsentierte ihn im Literaturhaus. Dieser Katalog war sehr gut formuliert und ging weit über die Literaturarbeit hinaus. Viel war auch noch in Bildung zu investieren. Es sollten mehr Schulen und Bibliotheken eingerichtet werden. Viele fanden diese Ideen gut und wollten ihn bei seinen Vorhaben unterstützen. Es kamen viele Bücher zusammen, die die Menschen spendeten. Bidimbise bedankte sich und machte sich nun Gedanken, wie man diese vielen Bücher in Kisten nach Kamerun schicken könnte, und wer sie dort in Empfang nehmen könnte.

Er schrieb dazu Briefe an verschieden Schulleiter. Darin schrieb er: „Diese Bücher sollen einen karitativen Zweck erfüllen und den Schülern kostenlos zur Verfügung gestellt werden."

Eine Schulleiterin hatte sofort Interesse und forderte Bidimbise auf, nicht nur Schulbücher einzupacken, sondern auch Spielzeuge und Fahrräder. Falls er Platz hätte, könne er auch Computer und Handys beifügen.

Als Bidimbise den Brief der Schulleiterin las, lachte er und fragte sich, ob sie wirklich die anfallenden Kosten mittragen würde. Es schien ihm schon ein wenig unverschämt, was man da verlangte. Er sagte, dass sie wohl in Afrika glauben würden, das Geld läge auf der Straße und man bräuchte es nur aufzuheben. Er war sich dessen bewusst, dass diese Illusionen nicht so leicht aus den afrikanischen Köpfen zu vertreiben seien. Er selbst war auch nicht frei von dieser Illusion als er in Europa ankam. Aber seit er in Europa war, machte er die Erfahrung, wie schwer es auch hier ist, wenn man kein Geld hat. Dazu braucht man nicht einmal einen Bankangestellten zu fragen. Man erfährt den Kontostand in Sekundenschnelle am Automat. Manchmal ist man verärgert, wenn man dann liest: „Ihr Überziehungskredit ist bereits ausgeschöpft."

Wenn man nicht aufpasst, werden alle Rechnungen unbezahlt bleiben. So hat man es hier mit einer anderen, schleichenden Art von Mittellosigkeit und Armut zu tun.

Die bittere Realität war, dass Bidimbise auch solche Phasen kannte, wo er trotz seiner Großzügigkeit selbst in der Klemme steckte. Er fasste den Entschluss, dass die Bücher noch eine Weile im Keller lagern müssten, bis er das Geld für die Versendung nach Kamerun beisammen hätte. Das Geld, das er bekam, war nur zur Sicherung seines eigenen Alltags gedacht. Er konnte sich glücklich schätzen überhaupt Geld ohne Gegenleistung zu bekommen.

Liebesglück am Rheinufer

Bidimbise besuchte einen langjährigen Freund, der am Rhein lebte. Er genoss die Ruhe und Kraft, die für ihn von diesem Fluss ausging und hielt sich wann immer er konnte am Ufer auf. Eines Spätsommertags waren die Temperaturen noch sommerlich hoch, obwohl vom Rhein eine leicht Brise herwehte. Die Leute joggten oder gingen am Ufer spazieren. Man konnte dort auch oft einer afrikanischen Trommelgruppe zuhören, die bei diesen sommerlichen Temperaturen dem Strand ein tropisches Flair gab. Diese Musiker in ihren farbenprächtigen Gewändern waren mit der Zeit zum Anziehungspunkt geworden, so dass viele Menschen sich auf den Boden setzten und ihnen lauschten. Bidimbise und sein Freund Kondo eilten ebenfalls dorthin, woher die Trommelklänge kamen. Sie boten den Freunden ein paar Kolanüsse an und plauderten mit ihnen in der kleinen Spielpause. Diese Art Open-Air-Konzert bei freiem Eintritt war natürlich sehr begehrt. Die Musiker wollten damit zunächst ihre Popularität erhöhen. Sie legten üblicherweise einen schwarzen Hut vor sich auf den Boden. Jeder, der wollte, konnte dann einen kleinen Geldbetrag hineinwerfen. Bidimbise und Kondo waren wie alle anwesenden Afrikaner sehr von diesen Klängen angetan, da sie für sie ein Stück ihrer Heimat und Kultur waren. Dass solche jungen Menschen ihre Freizeit mit Trommelrhythmen am Rheinufer verbrachten, symbolisierte für den Dichter Bidimbise wahre Liebe für ihre Heimat und war für ihn auch Ausdruck der Sympathie für das Rheinland, ihrer neuen Heimat.

Bidimbise lief nach vorne und warf einen Geldschein in den Hut. Er fragte die Künstler, ob er kurz zu ihnen sprechen könnte. Dies wurde ihm selbstverständlich gewährt. Als er zu sprechen begann, hörten alle Musiker aufmerksam zu. Nun, da Bidimbise ein Liebesgedicht auf Französisch vortrug, übersetzte es eine junge Dame aus der Menge spontan ins Deutsche. Die Leute freuten sich und klatschten Beifall. Die Trommler begleiteten Bidimbise. Obwohl alles nur improvisiert war, hatte man den Eindruck als ob es schon vorher einstudiert worden wäre. Als sie geendet hatten, wollten die Zuhörer eine Zugabe. Bidimbise war wie eine Sprachkanone und nur schwer zu bremsen, wenn er einmal begonnen hatte. Da die Dichtung sein Steckenpferd war, konnte er damit die Herzen seiner Zuhörer erreichen und sie quasi im Sturm erobern. Der Trommelrhythmus wollte ebenfalls kein Ende nehmen. Es kamen immer noch Menschen hinzu bis zum Einbruch der Nacht. Es kamen noch Künstler aus Kuba mit ihren Gitarren hinzu und mischten sich unter die Trommeln der Afrikaner. Von der Ferne konnte man ein Echo vernehmen. Manche Bewohner in der Nähe fühlten sich jedoch von diesem Spektakel belästigt und riefen die Polizei. Innerhalb von kurzer Zeit fuhr ein Polizeiwagen vor. Es stiegen zwei Polizeibeamte aus. Sie liefen in Richtung Ufer und forderten die Musiker auf, ihr Spiel sofort zu beenden und sich auszuweisen.

„Warum denn?", fragte Ebrumu. Der eine Polizist ermahnte ihn, sich auszuweisen, sie alle würden wegen Ordnungswidrigkeit eine Strafe bezahlen. Im Publikum waren viele darüber erbost, dass die Musik zu Ende sein sollte. Einer der Musikfans beleidigte die Polizisten. Die Situation schien zu eskalieren. Die Trommler hingegen hatten ihre Instrumente bereits in ihren Taschen verstaut und versuchten nun mit den Ordnungskräften auf Zeit zu spielen, die ihrerseits weiterhin auf die Ausweise bestanden. Sie meinten wer keinen Ausweis habe, müsse zur Feststellung der Identität aufs Polizeirevier mitkommen. Einer der Zuhörer meinte sie hätten ihre Ausweise bestimmt zu Hause gelassen. Diese Antwort akzeptierten die Polizisten und bestanden darauf mit den betroffenen Leuten in ihre Wohnung zu fahren, um dort deren Ausweise einsehen zu können. So legten sie ihnen Handschellen an und setzten sie ins Polizeiauto. Das Publikum war über diese Behandlung entsetzt. Warum mussten diese netten Menschen mit ihrer zauberhaften Musik wie Verbrecher behandelt werden? Sie hatten doch nichts gestohlen. Die Diskussion darüber nahm kein Ende. Daran spürte man, dass die Bürger sich mit dem Schicksal von Leuten, die unter Verdacht standen, sich scheinbar illegal aufzuhalten, schwer taten. Es war natürlich momentan nur Spekulation. Sie konnten vielleicht keine Papiere zeigen, da sie ohnehin keine hatten, mutmaßten einige. Als die Polizei dann in dem Wohnhaus der zu überprüfenden Personen eintraf, konnten sie feststellen, dass dort noch mehr Farbige untergebracht zu sein schienen. Die Polizeibeamten hatten nicht den direkten Weg zu der ihnen angegebenen Adresse genommen, sondern fuhren zunächst an einem Asylantenwohnheim vorbei. Erst als Ebrumu schrie, dass sie verdammt noch mal keine Asylanten seien, setzten sie den Weg fort. Es war ein Wohnhaus, in dem viele Ausländer wohnten. Es gehörte nicht der Gemeinde, sondern einem persischen Ehepaar. Sie überließen ihnen die Wohnungen zu angemessenen Preisen. Diese Wohnungen bekam nur ein exklusiver Kreis von Ausländern. Da sie die Wohnungen unter dem regulären Preis anmieteten, zahlten sie sogar noch einen Ausgleich an den Fiskus. Dies störte die barmherzigen aus Persien stammenden Vermieter jedoch nicht. Man warf ihnen Schlimmeres vor, nämlich, dass sie in ihren Wohnungen Leute ohne Aufenthaltsgenehmigung einquartierten. Diese Nachricht machte jedenfalls in der Presse Schlagzeilen. Sie ließen die Öffentlichkeit durch ihren Anwalt darüber aufklären, dass alle Mieter einen Mietvertrag unterzeichnet hatten und Mieteinnahmen auf das Konto des Hauseigentümers bezahlt wurden. Also sah sich der Anwalt darin bestätigt, dass keine Rechtswidrigkeit vorlag. Wie konnte denn jemand ohne Aufenthaltstitel ein Konto bei einer Bank eröffnen? Dies war für ihn und seinen Mandanten Grund genug Schadensersatz wegen Verleumdung und Diffamierung zu fordern. Der Anwalt sah gute Chancen diesen Fall vor Gericht zu gewinnen. Dadurch würde sein Mandant quasi rehabilitiert und eventuell auch einen Teil seiner Reputation zurückbekommen. Der Fall sollte juristisch geklärt werden, dessen war man sich einig. Sie besuchten alle Mieter in den vermieteten Wohnungen und befragten sie zur ihrer Identität. Im Grunde unterliegen solche Informationen dem Datenschutz. Der Vermieter sah nun einer polizeilichen Untersuchung gelassen entgegen. Er fühlte sich sogar irgendwie überlegen. Ein paar Tage nach der Befragung führte die Polizei eine groß angelegte Razzia mit Spürhunden durch. Zum großen Erstaunen aller Akteure in der grünen Uniform konnte niemand ohne gültige Papiere angetroffen werden. Die Betroffenen wurden umsonst gestört. Der Anwalt des persischen Vermieterehepaares wartete schon ein paar Monate auf einen Gerichtstermin, aber es tat sich nichts. Er versicherte seinen Mandanten, dass sie den Prozess gewinnen würden und die Presse die Kosten dafür tragen müsste. Dann passierte etwas, was niemand ahnen konnte.

Das Gericht schickte einen Brief, in dem es die Wohnungseigentümer bat, sich mit den betroffenen Zeitungen, die diese Artikel veröffentlicht hatten, zu einigen.

Der Anwalt war darüber sehr überrascht, denn es war für ihn ein Anzeichen dafür, dass die Justiz nicht gewillt war eine weitere Entscheidung zu fällen und weiter dagegen vorzugehen.

Warum nahmen diese Zeitungen sich das Recht heraus über Sachverhalte zu berichten, in denen nur subjektive Einschätzungen abgebildet wurden? Es geschah wohl wie so oft aus reiner Sensationsgier. Jedenfalls beabsichtigte der Anwalt in Berufung zu gehen. Er informierte seine Mandanten und rief die Redaktionsleiter der Zeitungen an. Für sie war ein Bericht unter Tausenden, die täglich auf den Schreibtischen landeten ohne Angabe eines Namens. Sie entschuldigten sich aber dafür. Als der Anwalt ihnen aber mit Schadensersatzansprüchen drohte, fühlten die Redakteure Ihre 4. Macht verspielt zu haben. Sie baten ihn, sich mit dem Prokuristen verbinden zu lassen. Jedoch hatten diese Gespräche keine Wirkung gezeigt. Für das persische Ehepaar war dies nicht weiter überraschend. Sie meinten nur, wenn die Zeitungen mit ihren Berichten seinem Ansehen schadeten, dann könnten sie sicher sein, dass er seine Sympathie für diejenigen verlöre, die er immer unterstützt habe. Es störte ihn mehr, dass diese Leute seine Hilfe nur ungern annehmen würden. Mit seiner Hilfe schaffe er Vertrauen und wehre sich gegen Vorurteile und Frustrationen. Dies sei nun mal sein Lebensmotto. Darauf sei er sein Leben lang stolz. Er sei Gott dankbar ihm ein gutes, großes Herz geschenkt zu haben. So forderte er seinen Anwalt auf den Fall abzuschließen.

Ajekoba war Mieter in einem seiner Wohnhäuser und verdiente nur wenig als Aushilfe in einem Produktionsbetrieb. Von Kollegen erfuhr er, dass er Recht auf Wohngeld habe und er einen Antrag stellen solle. Also stellte Ajekoba einen Antrag und schickte ihn an die Behörde.

Innerhalb von nur einer Woche bekam er eine Absage. Das kam dadurch zustande, dass im Mietvertrag eine andere Person stand als er. Die Beamtin konnte nur das erkennen, was aus den Unterlagen und den gespeicherten Daten zu entnehmen war. Ajekoba bot ihr an sich als Mieter eintragen zu lassen. Der Vermieter hatte sich bei der Namensschreibung im Mietvertrag geirrt. Dieser Irrtum verhalf demjenigen, der nicht in der Wohnung lebte zu dem Papier. Diese Person hatte sich bestimmt schon ins Ausland verdrückt. Von der Vorgehensweise her sollte er sich in dieser Wohnung abmelden und seine neue Adresse angeben, damit diese Wohnung als frei galt und der Name des vermeintlich neuen Mieters eingetragen werden konnte. Im Wohnrecht kenne er sich nicht aus, meinte Ajekoba und zuckte mit den Schultern. Er zahlte die Miete pünktlich und hielt sich an die Hausordnung. Warum er im Computer weiterhin noch als nicht angemeldet geführt wurde, blieb für ihn daher nicht nachvollziehbar. Ohne Anmeldung als Mieter war es nun einmal schwer die staatliche Förderung zu bekommen. Alles musste schlüssig sein und seine Ordnung haben. So war und ist es zumindest in Deutschland. Er sprach mit dem Vermieter, aber er wollte keinen neuen Mietvertrag machen. Er versicherte ihm, dass er die Wohnung solange haben könne, wenn er weiterhin seine Miete pünktlich bezahle.

Ajekoba konnte bei einer Routinekontrolle der Polizei kein gültiges Visum zeigen. Da es abgelaufen war, musste er dazu den Behörden eine Anmeldebescheinigung über seinen Wohnsitz vorlegen. Er wollte nicht wieder mit der alten Problematik des Mietvertrags konfrontiert werden. Dies hatte ihm einigen Ärger eingebracht. Er wollte den Vermieter nicht schon wieder damit behelligen, um vielleicht doch noch einen Rausschmiss zu riskieren.

Die Wohnung war ohnehin schon günstiger als er für eine vergleichbare Wohnung auf dem freien Markt hätte bezahlen müssen. Es wäre ohnehin sehr schwer eine Wohnung zu finden als Ausländer. Da bekam man meist zu hören: „Tut mir leid, die Wohnung ist schon vergeben." Das stimmte in den meisten Fällen doch sowieso nicht. Trotzdem kaufte Ajekoba sich eine Zeitung und studierte den Wohnungsmarkt. Nach vielen ergebnislosen Telefonaten war er deprimiert. Er konnte nicht so recht begreifen, dass so viele Wohnungen schon vergeben waren. Die Zeitung, die er hatte, war von diesem Tag. Es musste schon jemand dort gewesen sein und einen Mietvertrag gemacht haben. Das alles am Erscheinungstag der Inserate? Wie sollte das gehen? Oder scherzten diese Wohnungseigentümer, in dem sie Wohnungsanzeigen bezahlten und dabei gar keine Wohnung zu vermieten hatten?

Lag es an seiner Stimme, seinem noch leicht hörbaren Akzent oder stellte er sich nicht richtig vor? All das schwirrte ihm im Kopf herum. Er wollte noch zwei Anrufe tätigen, dann hätte er alle in Frage kommenden Wohnungen abgearbeitet.

Ajekoba hatte nun die Idee mit Markus, einem deutschen Bekannten, diese Anrufe zu führen. Er war ein unkomplizierter Mensch und wollte Ajekoba helfen. Er wählte versehentlich eine Nummer, die Ajekoba schon zuvor gewählt und eine Absage bekommen hatte. Es war eine ältere Dame am Apparat. Als Markus sein Interesse für die Wohnung zeigte, antwortete sich höflich, dass die Wohnung noch frei sei und er sie jederzeit besichtigen könne. Markus bedankte sich und fragte nach der Adresse und vereinbarte gleich einen Besichtigungstermin für den nächsten Tag. Ajekoba konnte sich erinnern, dass er mit einer alten Dame gesprochen hatte und eine Absage bekam. Ja, es stellte sich heraus, dass er die Nummer schon angerufen hatte. Markus wollte es nicht glauben und meinte sie sei so nett gewesen. Beide entschieden, die Wohnung zusammen anzusehen. Ajekoba wollte die Wohnung auf jeden Fall haben, aber Markus warnte ihn gleich, dass er keinen Mietvertrag für ihn unterschreiben werde. Er wollte Ajekoba lediglich helfen, damit er nicht wegen dummer Vorurteile schon im Vorfeld seine Chance verspielte. Ajekoba nickte und klopfte Markus auf die Schulter. Sie trafen sich am nächsten Tag an der Bushaltestelle und fuhren gemeinsam in die Blumenstraße 19. An der Gegensprechanlage fragte eine Stimme, wer da sei. Markus gab sich zu erkennen und sie gingen die Treppe hinauf. Dort öffnete ihnen die alte Dame die Tür. Sie traten ein und standen vor einem Marmortisch, der auf einem hochwertigen Perserteppich stand. Sie hatten ihre Schuhe noch an und ein strenger Blick der alten Frau gab ihnen den Anstoß darüber nachzudenken, sie wohl besser auszuziehen. Markus reagierte sofort und fragte, ob sie nicht besser ihre Schuhe ausziehen sollten, worauf die Dame erwiderte, dass sie das schon vor der Tür hätten fragen sollen, bevor sie auf den Teppich traten. Sie sollten gefälligst bleiben, wo sie seien. Sie gebe ihnen Pantoffeln und eine Plastiktüte, wo sie ihre Schuhe reinstellen könnten. Sie fügte hinzu, dass sie für die Zukunft lernen müssten ihre Schuhe unaufgefordert auszuziehen bei Leuten, die sie nicht kennen auch wenn sie durch ihre höfliche Art den Eindruck erwecken würden, dass es sie nicht störe. Ajekoba sah dies schon als einen halben Ablehnungsgrund an. Die alte Dame gab zu verstehen, dass das nicht die Wohnung sei, die zur Vermietung stand. Sie sollten gemeinsam mit ihr dahin fahren. Dazu müsse sie ihren Wagen aus der Garage holen. Sie beide könnten schon draußen auf sie warten. In der Zwischenzeit überlegten Markus und Ajekoba, wie sie das Vertrauen der Dame gewinnen könnten. Sie stiegen zu ihr ins Auto und erreichten nach einer kurzen Fahrt die Mietwohnung.

Sie machte einen guten Eindruck, war kaum renovierungsbedürftig und lag zentral mit guter Anbindung an öffentliche Verkehrsmittel. Die Dame fragte, ob ihnen die Wohnung zusage, was beide bejahten. Sie gab zu verstehen, dass sie nicht die Einzigen seien, die sich dafür interessieren. Sie müsse sich erst noch Gedanken machen, wer am besten hierher passe.

Da lächelte Markus und sagte: „Liebe Dame, wir sind sehr beeindruckt von dieser schönen Wohnung und ihrer vorzüglichen Gastfreundschaft. Mit uns werden sie keine Probleme haben. Die Miete wird immer pünktlich bezahlt und um die Instandhaltung kümmern wir uns auch gerne, da wir handwerklich versiert sind. Wären Sie damit einverstanden, wenn wir heute schon den Mietvertrag unterschreiben könnten?"

Die Dame fragte, wer die Wohnung beziehen solle. Ihr war unklar, welche Rolle der farbige Mann dabei spielte. Es würde vielleicht zu weit führen, wenn sie die Personalien der beiden verlangte, dachte sie sich in dem Moment. Markus antwortete, dass die Wohnung für seinen Freund Ajekoba sei, der ihn begleitete. Sie fragte, warum er sich für ihn einsetze, könne er etwa kein Deutsch oder traue er sich nicht mit ihr zu reden? Da mischte sich Ajekoba ein und meinte, dass er natürlich Deutsch sprechen könne, aber sie wisse ja selbst wie das sei und man leicht auf Ablehnung stoßen könne, nur weil der Akzent komisch klinge. Da schwieg sie für einen Moment und beharrte darauf, dass sie sich melden werde.

Ajekoba gab unmissverständlich zu verstehen, dass er bald auf der Straße sitzen werde, wenn sie ihre Entscheidung zu lange hinauszögern würde. Sie meinte, er solle nicht aufhören weiterzusuchen, sie könne jetzt keine Zusage geben, die sie vielleicht später wieder zurücknehmen müsse. Ob er denn überhaupt Arbeit hätte, wollte sie wissen, sie brauche niemanden, der keine Miete zahle. Ajekoba war darauf vorbereitet, legte wortlos seinen Arbeitsvertrag und seine letzten drei Gehaltsabrechnungen vor und schrieb seine Handynummer darauf. Sie antwortete, dass sie nichts garantieren könne und sie sich in der nächsten Woche melden werde. Markus und Ajekoba fuhren danach wieder zurück.

Markus war optimistisch, dass Ajekoba die Wohnung bekommen würde. Ajekoba hingegen wollte lieber abwarten. Er hatte gelernt, dass man sich in Deutschland nie zu früh freuen solle. Sein Leitspruch lautete: „Man soll den Tag nicht vor dem Abend loben." Dieses Sprichwort war eigentlich deutsch geprägt und hatte so gut wie nichts mit der ureigenen afrikanischen Mentalität im Sinn. In Afrika hatten Ajekobas Eltern auch Wohnungen zum Vermieten. Sie hatten immer Mitleid, wenn ihnen die Mieter von ihren Problemen erzählten, dass sie die Miete nicht bezahlen konnten. In Deutschland müsse man quasi über seinen eigenen Schatten springen können, um eine Wohnung zu bekommen. Diese alte Dame sollte sich einmal in einer Wohnung seiner Eltern aufhalten, dann hätte sie wohl kaum gezögert ihm ihre Wohnung zu geben, dachte sich Ajekoba. Er war fest der Überzeugung, dass die Leute in Europa sich keine richtige Vorstellung von dem Leben in Afrika machten, da sie nur die stereotypen Bilder aus dem Fernsehen zu sehen bekamen. Deshalb bliebe eine gewisse Angst vor den Afrikanern weiter bestehen. Schade sei nur, dass die Zahl derer zu gering sei, die bereits in Afrika gelebt hätten und dort erfahren hatten, wie man Barmherzigkeit erfuhr.

Das gezeigte klischeebehaftete Bild der Not in Afrika bewirke eher Abschreckung statt Mitleid.

Während er sprach, merkte man an der Gestik von Mario, dass er in mancher Hinsicht nicht einverstanden war mit dem Gesagten und sich ärgerte, dass Ajekoba das Schicksal von Millionen in Afrika, die um Brot kämpften, anscheinend nicht richtig kannte.

Er sagte zu Ajekoba: „An diesen zahlreichen Berichterstattungen über Afrika ist doch was wahres dran oder nicht? Armut braucht man nicht schönreden. Entweder man hat Wohlstand oder nicht. So sieht doch die Realität aus auf der Welt, wo wir leben. Deine Familie hat ein Dach überm Kopf und du sagst voller Stolz, dass deine Eltern mehrere Häuser vermieten. Du hast es auch geschafft nach Europa zu kommen. Sei doch froh darüber und tue etwas für dein Volk. Natürlich habt ihr in Afrika auch schöne Landschaften, um die wir in Europa euch beneiden. Eure Traditionen sind größtenteils noch erhalten geblieben. Sieh nicht nur auf den Luxus hier, davon wirst du nie satt. Immer wieder kommen hier neue, teuere Autos auf den Markt. Wir stehen vor vollen Regalen in den Läden und haben andere Sorgen als ihr. Hier scheint kein Gras mehr zu wachsen, weil überall gebaut wird. Glaub mir, Afrika hat mit dem Erhalt seiner Natur viele Chancen, um einen nicht unerheblichen Beitrag zum Weltklimaschutz beizutragen. Es wird überall, auch in Afrika abgeholzt. Das kann unsere Industrie meisterhaft. Klar brauchen wir Rohstoffe und sind voneinander abhängig. Ihr gebt uns doch eure Rohstoffe auch nicht umsonst. Es heißt ihr verdient gut an jedem Rotstoff, den ihr in Europa anbietet. Mit diesen Einnahmen solltet ihr doch eure Wirtschaft stärken können?

Eure Länder hätten dann doch Geld, um für eigenen Wohlstand zu sorgen. So läuft es jedenfalls hier. Darauf erwiderte Ajekoba: „Aber zu welchem Preis kauft ihr unsere Rohstoffe? Ihr seid doch die, die uns die Preise diktieren. Sieh doch die armen Bauern in Afrika, die mit einfachen Geräten mühsam den Boden bearbeiten. Sie schuften und sehen kaum einen Ertrag."

Da sagte Markus: „Aber wem gibst du die Schuld? Unsere Regierungen werden doch euren nicht sagen, wie sie am besten ihre Bürger zufrieden stellen können. Das muss jeder Staatsdiener selber wissen. Früher wurdet ihr von den Kolonialmächten bevormundet. Dies war nicht gut. Jetzt seid ihr unabhängig."

Ajekoba dachte darüber nach. Er fragte sich, ob die Bürger in den unabhängigen Ländern etwas von den Früchten dieser Unabhängigkeit spüren würden.

Er kam zu dem Schluss, dass sie nun von den eigenen Leuten unterdrückt würden. Das ist die bittere Wahrheit, die alle traurig macht, dachte er. Manche missachten die Gesetze und schaffen sich dadurch eigene Vorteile, während das Volk leidet. Es ist eine ungleiche Verteilung von Reichtum. Es gibt einige wenige, die viel haben und zu viele mit wenig oder gar nichts. Wo ist da die Unabhängigkeit geblieben? Unabhängig sein, heißt auch unantastbar sein und die Nichteinmischung in die Angelegenheiten souveräner Staaten. Es wäre doch nur peinlich sein, wenn der Nachbar seinem Vater sagen würde, wie er seine Kinder besser erziehen solle. Das wolle schließlich niemand. Was man wolle: Eine Partnerschaft mit Europa, die sich auf gegenseitigen Respekt gründe. Bei der Entwicklungshilfe müsse darauf geachtet werden, dass die Gelder in die Hände gelangen, wo sie tatsächlich gebraucht werden. Wenn die Gelder denen zukommen, die sowieso im Luxus schwelgen, werde die Kluft zwischen arm und reich nur immer größer. Es führe zu weiterer Teuerung. So wie die Entwicklungshilfe momentan aussehe, kommen die Bedürftigen zu selten in den Genuss der finanziellen Früchte. Der einzige verlässliche Weg sei nur noch direkter Geldtransfer von in Europa lebenden Verwandten. Über das Jahr ergebe sich schon ein stattlicher Geldbetrag, den er seiner Familie in Afrika zukommen ließe, füge Ajekoba hinzu. Mit diesem Geld gingen seine Geschwister in die Schule, bekämen Medikamente und könnten zum Arzt gehen und Lebensmittel kaufen. So wie es ihm in Europa erginge, sei es auch mit all den anderen Einwanderern, die sich darum sorgen würden, wie sie ihre Familien in der Ferne unterstützen könnten.

Schwarzer sein unter deutscher Flagge

Munak wollte die deutsche Staatsbürgerschaft bekommen. Er sollte sich jedoch zuvor von seinem afrikanischen Pass trennen und hatte dies innerhalb von einer Woche zu erledigen. Er wurde in Ambam, einer Stadt im Süden Kameruns geboren. Seine Eltern waren von seiner Entscheidung, die deutsche Staatsangehörigkeit anzunehmen, nicht begeistert. Sie befürchteten, dass ihr Sohn mit dem afrikanischen Pass auch seine afrikanische Tradition und Wurzeln abgeben und somit ein Fremder im seinem Geburtsland würde. Daher wollten sie dies in der übrigen Familie geheim halten. Dies schärfte der Vater all seinen anderen Kindern ein. Er wollte seinen Einfluss nicht verlieren. Schließlich war er in Kamerun ein bedeutender Politiker. Er hätte seinen Parteigenossen nur schwerlich begreiflich machen können, dass er nicht hinter dem Entschluss seines Sohnes stand und ihm eigentlich davon abriet. Jedenfalls hatte Muniak mit seiner Entscheidung bei seinen Eltern Zwist ausgelöst. Als er dann den Brief an die Botschaft verfasst hatte, in welchem er über seine neue Staatsbürgerschaft informierte und seinen Pass aus Kamerun beigelegt hatte, kamen ihm ein paar Tränen. Nun hatte er eine schwere Entscheidung im Leben getroffen. Ein neues Leben sollte für ihn anfangen. Es spielte sich viel in seinen Gedanken ab. Er hatte alle Fragen des Einbürgerungstests richtig beantwortet. Jetzt sollte er mit anderen Realitäten konfrontiert werden. Früher hatte er ständig mit der Verlängerung seines Visums zu kämpfen. Dieses Problem hatte er als deutscher Staatsbürger nicht mehr. Ein Dokument, das viele bewunderten, und das viele haben wollten, hatte er in seinem Besitz. Auch einen deutschen Personalausweis bekam er. Dennoch war es die Frage nach seiner Identität, die ihn berührte. Muniak hatte Jura und internationale Beziehungen in Leipzig studiert und seinen Magister erfolgreich abgeschlossen. Er sprach fließend Deutsch, Englisch, Französisch, war mit einer deutschen Frau verheiratet und hatte einen Sohn mit ihr. Er war bei einer Steuerberatungsfirma angestellt und verdiente nicht schlecht. Er konnte somit seine Familie gut ernähren. Seine Frau Tanja machte sich über ihn lustig, als er ihr erzählte, dass sie mit ihm als Deutschem auf der Straße und im Alltag wesentlich besser angesehen und akzeptiert werden würde. Die Realität sah jedoch anders aus. Viele von Tanjas Bekannten und Freunden akzeptierten Muniak einfach nicht. Sie sahen in ihm meist nur den exotischen Afrikaner, der die Heirat mit Tanja nur als Mittel zum Zweck benutzt hatte, um seinen Aufenthalt in Deutschland zu ermöglichen. Sie zweifelten an seiner echten Liebe zu Tanja. Dass Tanja ihn liebte, bezweifelten sie nicht, womöglich war sie sogar blind vor Liebe zu Muniak. Allerdings spürte Tanja keinen Druck mehr seitens ihrer Familie, nachdem sie mittlerweile schon acht Jahre mit Muniak verheiratet war und einen Sohn gezeugt hatte. Es war ihre Entscheidung Muniak zu heiraten. Dafür wollte sie sich keinesfalls bei ihren Verwandten rechtfertigen. Sie machte Muniak keine Illusionen, dass er trotz deutschem Pass hier in Deutschland für die meisten Leute immer ein Fremder bleiben würde. Sie sagte ihm auch, dass er dadurch möglicherweise Erleichterungen im Umgang mit den Behörden hätte. Mehr sei nicht drin. Muniak begriff das im Laufe der Zeit. Auch bei seinen Kollegen blieb er der Afrikaner. Sie stellten ihm Fragen über das Leben in Kamerun, und ob er jemals wieder dorthin zurückkehren könnte. Diese Fragen überraschten ihn stets, da er eigentlich nicht damit rechnete. Dann antwortete er nur: „Aber ich bin doch Deutscher Hier ist meine Heimat." Einer der Kollegen lachte daraufhin und fragte ihn, ob er seine Entscheidung nicht bereue. Muniak antwortete mit einer Gegenfrage: „Können Sie sich vorstellen Kamerunischer Staatsbürger zu werden?" Dann antwortete zumindest dieser Kollege nichts. Ein anderer Kollege antwortete, dass er keine kamerunische Staatsbürgerschaft wolle, denn er sei doch in Deutschland geboren. Die Art und Weise, wie sich einige Kollegen verhielten, fand Muniak nicht gut. Vielleicht sollte er damit leben, dass ihn die Menschen lieber als Afrikaner ansahen statt als Deutschen mit afrikanischen Wurzeln. Bei Reisen innerhalb Europas hatte er keine Probleme mehr. Einfach die Koffer packen und weg ohne ein Visum, ja sogar die Passkontrollen blieben zumindest innerhalb der EU aus. Er erinnerte sich noch, wie schwierig es war nach Prag zu reisen, als er noch keinen deutschen Pass hatte. Er hatte den Reisepreis schon im Reisebüro bezahlt und kein Visum bekommen. Jetzt konnte er sogar ohne besonderen Grund für drei Monate in die USA reisen. Allerdings war nun klar, um nach Kamerun zu reisen, würde er eine Visum benötigen. Ein Freund hatte ihm erzählt, dass dies auch nicht so einfach zu bekommen wäre. Manchmal bekam man eine Absage, wenn man sich beim Konsulat ungeschickt anstellte. So erging es Okalimbongo, der wie Muniak Deutsch-Kameruner war. Muniak korrigierte ihn, dass es keine Deutsch-Kameruner gäbe. Es gäbe keine doppelte Staatsangehörigkeit, entweder man sei Kameruner oder Deutscher. Da fragte Uwe, der neben ihm stand: „Was ist mit den Kindern aus

Mischehen?" Muniak antwortete ihm, dass sie deutsch seien, wenn sie da geboren worden seien. Das sei doch absurd, entgegnete Uwe. In Frankreich hätten sie beide Nationalitäten. In Deutschland könnten sie dann im Alter von achtzehn Jahren selbst entscheiden, welche Staatsbürgerschaft sie annehmen wollten. Muniak konnte es einfach nicht begreifen, wieso Okalimbongo das Visum nach Kamerun verweigert wurde. Es sei doch klar, da er schließlich kein Kameruner mehr sei, erwiderte ein Freund. Und er fügte hinzu: Du musstest mehr als üblich bezahlen, wenn Du deinen Antrag bearbeiten ließt. Muniak sagte, dass es schon klar sei, aber was ist zu tun? Die ganze Familie lebe doch dort und sei auf finanzielle Unterstützung angewiesen. Es fehle an den nötigsten Medikamenten und Schulbüchern. Überall kam Hilfe zu kurz. Jeder Brief, den Muniak von der Familie in Kamerun bekam, berichtete von elenden Zuständen. Vielleicht würde auch etwas übertrieben in den Briefen, um mehr Mitleid zu erwecken, wer weiß? Zehn Jahre waren nun vergangen, seit Muniak die Heimat verlassen hatte, um in Deutschland zu studieren. Er hatte sich verändert, aber hatte sich Kamerun auch zum Besseren verändert? Das konnte er den Briefen zufolge kaum annehmen. Die Bitten nach Geld wurden immer dringlicher. So dachte sich Muniak eine Art Hilfe zur Selbsthilfe nicht nur bei seiner eigenen Familie einzuführen. Ihm dämmerte es langsam, dass er auf Dauer nur für den Geldtransfer benutzt werden würde. Es schien ihm nicht angebracht für die Aufrechterhaltung der Bindung zu seiner Familie zu zahlen. Er verstand zwar die Misere in Kamerun, aber er hatte schließlich auch eigene Alltagsprobleme in Deutschland zu bewältigen. Für sein Geld musste man auch hier hart arbeiten. Jeder Blick in den Briefkasten wurde langsam zur Tortur, da manchmal Rechnungen darin waren, die zügig bezahlt werden sollten. In der afrikanischen Heimat wertete man es jedenfalls als Erfolg, mit einer Deutschen verheiratet zu sein. Jeder suchte den Kontakt zu Tanja. Da sie kein Französisch konnte, blieb ihr manches verborgen, was man von ihr wollte. Die vielen Grüße an Tanja, die unendlich langen Listen mit Produkten, die sie schicken sollte, da sie Muniak geheiratet hatte, verschwanden in der Schublade. Muniak wusste, wie negativ solche Briefe auf Europäer wirken konnten. Trotz seines deutschen Passes konnte er sein afrikanisches Blut in den Adern nicht verleugnen. Er war damit zur Welt gekommen. Er konnte die Nabelschnur zur Solidarität nicht einfach abschneiden. Es blieb ein Teil von ihm, der ihn im Herzen Afrikaner sein ließ. Unter den Afrikanern brauchte er sich nicht als Fremder fühlen. Er wurde schließlich nicht nach seinem Pass gefragt, um an irgendwelchen Festen oder Partys teilzunehmen. Die einzige Auswirkung auf seine Identität bestand darin, dass er keinerlei Erlaubnisse wie Arbeits- oder Aufenthaltserlaubnis brauchte, die für viele Afrikaner eine Hürde waren, die oft nicht überwunden werden konnte. Muniak wohnte mit seiner Familie in einem Stadtteil, in dem kaum Ausländer zu sehen waren, auch wenn er sich selbst nicht als einen solchen zählte. Vor den Augen seiner Nachbarn erweckte er große Aufmerksamkeit. Hier kannte man ihn und er machte sich durch seine sympathische Art sehr beliebt. Er nahm es gelassen, wenn ihn manchmal Kinder in ihrer unbekümmerten Offenheit fragten, warum er so dunkle Haut habe.

Nein, im Gegenteil, nutzte er solche Gelegenheiten dazu, um das Wissen der Kinder um neue Kenntnisse über Afrika zu erweitern, indem er von Afrika erzählte, wie die Menschen dort lebten, was es für Tiere und Pflanzen gab. Er wusste nur zu gut, dass man fremde Kulturen am besten annähern konnte, wenn man von frühester Jugend an damit konfrontiert wurde. So besorgte er schnell eine Karte, um den Kindern die Umrisse Afrikas zu zeigen. Auch ältere Jugendliche zeigten Interesse. Sie stellten alle möglichen Fragen und waren von den Antworten, die sie bekamen, sehr angetan. Im Nachhinein begriff Muniak, dass er in der Schule nicht so viel gelernt hatte. Viel mehr wurde ihm während seiner Schulzeit in Afrika über Europa und seine Geschichte vermittelt – vom Mittelalter bis hin zur industriellen Revolution.

Auch wenn er nicht perfekt war in seinem Wissen über Afrika, so war er dennoch stolz darauf, dass die Kinder und Jugendlichen zuhörten. Jedes Mal fügte er bei seinen Treffen mit ihnen Märchenerzählungen hinzu, die die kleineren Kinder schon langsam auswendig kannten.

Es war eine Art Entwicklungshilfe im kulturellen Sinn, die Muniak leistete ohne dabei etwas zu verdienen. Als die Eltern davon erfuhren, klingelten sie bei Muniak und wollten wissen, ob er auch Sprachen unterrichten würde.

Muniak setzte sich neue Ziele und eröffnete eine Kunstgalerie. Die Kunstobjekte bekam er direkt aus Afrika. Er unterhielt Kontakte zu verschiedenen afrikanischen Ländern. Manchmal ließ er auch seinen Bruder in Kamerun vor Ort Künstler finden, um ihre Arbeiten zu fotografieren. Diese Fotos schaute er sich dann im Internet an, um eine Vorauswahl für seine Galerie zu treffen. Die ersten Monate waren schwierig. Es kamen zwar

Besucher in die Galerie, aber sie kauften nichts. Eine Dame hatte ihn schon gewarnt. Kunst sei ein hartes Geschäft. Die Menschen würden nur bei ihm einkaufen, wenn sie sich in der Galerie wohl fühlten. Er solle daher die Leute auf die Galerie aufmerksam machen, indem er Tage der offenen Tür oder eine Einweihung veranstalte. Später, wenn er seine Galerie schon länger betreibe, solle er zum Jubiläum einladen. Bis dahin sei es ein langer Weg. Dies erfordere auch erstmal den Einsatz von Kapital. Es müsse erst investiert werden, bevor man damit etwas verdienen könne, dessen solle er sich stets bewusst sein. Da Muniak nicht genügend Geld für solche Projekte zur Verfügung hatte und die Umsätze die Kosten nicht deckten, wollte er versuchen die Kosten anderweitig zu decken. So entwickelte er ein neues Projekt, das dazu dienen sollte Mitarbeitern von Firmen in ihrer Freizeit ein interkulturelles Training anzubieten. Er entwarf Flyer und verteilte sie an hundert Firmen in der Umgebung. Die Adressen fand er in den gelben Seiten. Dort war allerdings häufig nicht zu erkennen, welche Größe das Unternehmen hatte. Innerhalb von ein paar Tagen bekam er dutzende Briefe. Er öffnete jeden Brief und las ihn sorgfältig, damit er alles richtig verstand. Viele zeigten jedoch kein Interesse und gaben auch keine Gründe an. Es war ein enttäuschender Tag für Muniak, aber vielleicht waren doch noch positive Reaktionen in den restlichen, ungeöffneten Briefen. In der folgenden Woche bekam er wieder einige Post von Firmen, wieder alle ohne Interesse. Eine Firma antwortete, dass sie kein Auslandsgeschäft betreibe und von daher kein Bedarf bestünde. Man wünschte ihm trotzdem viel Erfolg für sein interkulturelles Training. Die einzige Investition bei diesem Projekt war die Werbung, die er unablässig weiter betreiben musste, wenn er Kunden gewinnen wollte. Er versuchte noch die Antwort der Firma, die kein Interesse zeigte aus regionalen Gründen, zu analysieren. So kam er zu der Ansicht, dass nur Firmen mit einer Exportabteilung für sein Projekt von Interesse sein könnten. Dies war wiederum nicht leicht allein über die Anschrift zu erkennen. Er sollte anrufen und danach fragen. Da schaute er nochmals in die Liste der Firmen, die noch keine Antwort gegeben hatten. Er machte sich ein paar Notizen, griff dann zum Telefon und stellte sich und sein Konzept kurz vor, um sich dann gegebenenfalls mit dem passenden Ansprechpartner verbinden zu lassen. Diese Strategie war insofern geschickt, da er so zu den Mitarbeitern in der Telefonzentrale ein wenig Vertrauen aufbauen konnte. Beim ersten Telefonat fragte ihn die Dame am Telefon, was es kosten würde.

Auf seine Antwort erwiderte sie sofort, dass es zu kostspielig sei und somit nicht in Frage komme. Muniak wollte nun wissen, was sie sich vorstelle, aber sie antwortete nicht und legte einfach auf. Wie konnte sie nur so unhöflich sein, dachte sich Muniak und wählte nochmals dieselbe Nummer. Wieder hatte er die Dame in der Leitung, die jetzt wieder barsch reagierte und lauthals rief, dass er bereits angerufen habe und er doch wisse, dass sie kein Interesse habe. Er solle gefälligst erst mal einen Deutschkurs besuchen.

Daraufhin meinte Muniak, ob sie ihm unterstellen wolle, dass er kein Deutsch spreche? Er sei schließlich Deutscher wie sie, aber von ausländischer Herkunft. Was sie da mache sei eine Diskriminierung. Sie antwortete, ob er ihr Fremdenfeindlichkeit unterstellen wolle, das sei nicht der Fall, sie sie nur nicht an seinem Angebot interessiert, mehr nicht.

Muniak beendete das Gespräch, indem er ihr zu verstehen gab, dass es keinen Sinn hätte weiter zu diskutieren. Er konnte es nicht fassen, dass man ihm mangelnde Deutschkenntnisse unterstellte. Sicherlich sprach er nicht akzentfrei. Er würde ihn wohl auch nie ablegen können.

Muniak scherzte gerne, wenn er sich in Bayern aufhielt und dort kaum ein Wort verstand und jemand ihn auf bayerische Mundart ansprach. Trotzdem bemühte er sich, deutsche Dialekte zu verstehen und meinte stets, dass man eine Sprache am besten lerne, wenn man vor Ort sei, wo die Menschen sie sprechen und leben. Als er Kamerun verlassen hatte und zum ersten Mal in Deutschland war, konnte er lediglich „Guten Morgen" auf Deutsch sagen. Als er damals in Frankfurt auf dem Flughafen landete, fragte er sich, ob er jemals Deutsch sprechen lernen und verstehen könnte. Er hatte einen Afrikaner Deutsch reden hören und dachte dann, dass er es wohl auch können werde, da der andere es auch gelernt habe. Mit Französisch kommt man eben nicht weit in Deutschland. Mit Englisch ist es schon besser, stellte er bald fest. Damals, nach seiner Ankunft in Deutschland, besuchte er sofort einen Deutschkurs und schrieb sich auf der Uni in dem Fach internationale Beziehungen ein. Dort verschaffte er sich alsbald einigen Respekt, da er schnell lernte und gute Resultate erzielte. Für die meisten seiner Kommilitonen erweckte er den Eindruck, in Deutschland aufgewachsen zu sein. Nach dem Studium wollte er als Diplomat arbeiten. Als Student war er noch Staatsbürger von Kamerun und konnte daher nur in einer Botschaft seines Heimatlandes arbeiten. Als er sich in der Botschaft bewarb, bekam er eine Absage. Der Grund war, dass Personal aus Kamerun rekrutiert wurde. Daher empfahl man ihm, sich direkt mit dem Außenministerium in Kamerun in Verbindung zu setzen.

So schickte er wieder eine Bewerbung ab und wartete monatelang ohne dass er eine Antwort bekam. Muniak hatte einen Verwandten, der dort arbeitete, und bat ihn, seine Bewerbung an die richtige Stelle weiter zu leiten. Muniaks Cousin bemühte sich, man konnte aber keine Bewerbungsunterlagen in der Personalabteilung finden. Sie waren zwar eingegangen, aber wo sie danach abgeblieben war, konnte man nicht feststellen. Sein Cousin konnte nichts weiter für ihn tun. Schließlich teilte man ihm mit, dass es einen Einstellungsstopp gäbe.

Er fragte Muniak, ob er seine Kenntnisse anderweitig einsetzen könne, da man solche Kompetenzen in der Heimat bräuchte. Auch Muniaks Vater ließ seine diversen Kontakte spielen, konnte aber auch nichts erreichen.

Muniak wollte nicht mehr länger abwarten. Er hatte sich in Deutschland für ein Zweitstudium eingeschrieben und konnte sein Visum zwei Jahre verlängert bekommen. In dieser Zeit lernte er dann seine spätere Frau kennen. Er heiratete etwa ein Jahr später und bekam nun eine neue Aufenthaltserlaubnis. Er konnte sich jetzt ansässig machen. So kam ihm die Idee mit dem interkulturellen Training für Firmenmitarbeiter. Inserate hatte er geschaltet und schickte Briefe ab. Aber immer noch zeigte niemand Interesse oder er wurde am Telefon beschimpft. Er ließ sich jedoch nicht entmutigen und verteilte weiterhin Flyer. Nebenbei betrieb er seine Galerie und stellte afrikanisches Kunsthandwerk aus. Er kämpfte sich durchs Berufsleben. Er bewarb sich auf verschiedene Stellen. Er hatte von Bekannten den Rat bekommen lieber Angestellter zu sein als Freiberufler. Als Freiberufler müsse man sich mehr anstrengen, sagten sie ihm. Das hatte er schon gemerkt als er seine Werbeaktion mit dem interkulturellen Training machte.

Seine Frau war Sozialarbeiterin und fand eine Stelle in einer Wohlfahrtsorganisation. Muniak hatte noch einige Kontakte zu Kommilitonen aus seiner Studienzeit an der Uni.

Alle hatten sie inzwischen einige Berufsjahre hinter sich. Die meisten arbeiten im Außenministerium oder in deutschen Entwicklungshilfsprogrammen. Ein guter Bekannter sagte ihm: „ Aber Muniak, worauf wartest du? Wie lange willst du noch so weiterkämpfen? Ich habe es getan und bin jetzt besser dran als zuvor."

Daraufhin fragte Muniak ihn, was er damit sagen wollte. Da antwortete er. „Nun, mein deutscher Arbeitgeber hatte immer Probleme bekommen, wenn er mich nach London schicken wollte. Vorher musste ein Visum beantragt werden verbunden mit vielen Formalitäten, die mich immer an den Rand der Arbeitseffizienz brachten. Solche Arbeitsreisen dauerten drei Tage."

Muniak hörte ihm aufmerksam zu und konnte zunächst an der angeberischen Art, wie sein Freund sich darstellte, nicht den Haken an der ganzen Sache erkennen.

So gab er ihm zu verstehen, dass er es sich in Ruhe überlegen werde. Dann fügte der Freund hinzu, dass er an Muniaks Stelle mit einem Diplom in internationalen Beziehungen nichts zu überlegen gäbe einen deutschen Pass zu beantragen. Er hätte sogar die Möglichkeit als deutscher Diplomat berufen zu werden, wenn es auch relativ unwahrscheinlich sei so einen Posten zu bekommen. Muniak jedoch war ein Mensch, der nichts für unmöglich hielt, vor allem dann, wenn er es noch nicht versucht hatte. Eine solche Karriere würde ihn schon reizen, sagte er mit strahlenden Augen. Die Welt würde immer mehr zusammenrücken. In seiner Vision hätte man irgendwann keine Länderpässe mehr, sondern nur noch Kontinentalpässe. Muniak erfreute sich immer an solchen Unterhaltungen. So konnte er seine Kenntnisse in internationalen Beziehungen ausspielen. Durch Globalisierung und Internationalisierung könnte Afrika sich besser positionieren als bisher. Welche Vorteile für die afrikanische Bevölkerung könnte es geben? Die Bevölkerung der zentralafrikanischen Länder hätte dann einen CEMAC-Pass und könnte wie die Euroländer in Europa von einer gemeinsamen Währung profitieren. Es würde den Personen- und Güterverkehr erleichtern. Zusammenschlüsse mit den SADEC-Ländern würden die Wirtschaftsdynamik in Afrika vorantreiben. Sein Freund war durch solche Fachthemen überfordert und nicht weiter daran interessiert. Er meinte nur, dass man sich den Kopf nicht mit undurchschaubarer Politik zermürben solle. Das Volk wollte schließlich nur das eine: Wertschätzung. Er meinte, dass er sicher sei, wenn es im Heimatland Arbeit und gute medizinische Versorgung gäbe, sei er bestimmt schon längst dorthin zurückgekehrt. Sie sollten doch mal ehrlich sein.

Muniak hingegen war ein Pragmatiker. Er konnte einen Motor zum Laufen bringen. Als gelernter Maschinenbauer hatte er eine andere Sichtweise der Dinge. Zu spekulieren war nicht seine Art. Er freute sich darüber, dass ihm sein Cousin sogar eine gewisse deutsche Mentalität bescheinigte. Ja, er wurde sogar gewarnt, dass er langsam seine afrikanischen Manieren vergessen würde. Sein Freund Bembaluoga nahm diese Äußerungen gelassen. Seiner Meinung nach sollte man alles kopieren, was zum Fortschritt beitrüge, auch wenn es bestimmt Widerstand und Schwierigkeiten in der Umsetzung gäbe. Es sei sinnlos jede faule Ausrede an seiner afrikanischen Tradition festzumachen. Wer in Deutschland lebt achtet auf die Pünktlichkeit und Ordnung. Das seien die wesentlichen Tugenden, die uns voranbrächten. Man kenne seine Rechte und Pflichten und könne sich darauf berufen, wenn es erforderlich sei.

So könnte doch jede Gesellschaft funktionieren, wenn das Gefühl da sei vor dem Recht gleich behandelt zu werden. Dieses Rechtsbewusstsein und die Rechtskultur bewundere man schließlich hier und wünsche sie sich woanders auch. Muniak verstand diese Irritation seiner Landsleute nicht ganz. Für die einen wäre es nicht gut Afrika neu erziehen zu wollen, für die anderen würde es Sinn machen. Es war schwer hier einen Kompromiss zu finden. Muniak gelang es jedoch die Fronten mit seiner besänftigenden Art zu beruhigen. Letztendlich waren alle wieder versöhnt und verließen friedlich das Lokal. Auch der Lokalbetreiber Ernst-Heinrich war froh, dass diese hitzige Debatte nicht in eine Schlägerei ausgeartet war. Er hatte nicht viel von dem verstanden, was die Afrikaner da redeten, da alles auf Französisch war. Ein Besucher beschwerte sich bei ihm, dass er diese Streiterei nicht länger ertragen werde. Er solle für Ruhe in seinem Lokal sorgen, andernfalls werde er das Lokal verlassen. Heinrich sagte nichts und bewahrte Ruhe. Er kannte das ungeheure Temperament der Afrikaner seit er mit ihnen Fußball spielte. Er schätzte die Stimmung, die sie in sein Lokal brachten. Anfangs kamen sie mit Musik-CDs an. Er wollte sie auch hören, hatte aber Bedenken, ob die anderen Nichtafrikaner solche Musik hören wollten. Er lieh sich ein paar dieser CDs aus und begann die Rhythmen zu schätzen. Diese Musik habe schon was, betonte er. Er merkte, wie fesselnd sie auf ihn wirkte. Er, der normalerweise nie tanzte, begann plötzlich sich dazu zu bewegen. Seine Begeisterung steigerte sich so, dass er eine African Night in seinem Lokal plante.

Er stellte sich dabei einen Abend vor voller Trommelrhythmen und afrikanischen Delikatessen, die serviert werden sollten und bestand darauf, dass seine Bedienungen auch afrikanisch sein sollten. Sie sollten in den typisch farbenfrohen Gewändern erscheinen. Bilder mit afrikanischen Landschaften sollten die Wände schmücken und das ganze Lokal in ein afrikanisches Flair tauchen. So wartete Ernst–Heinrich eines Abends auf einige Afrikaner und Afrikanerinnen, um mit ihnen sein Vorhaben zu besprechen. Sie kamen so gegen 21 Uhr. Das Lokal war zwar gut gefüllt, aber Stehplätze gab es noch. Heinrich begrüßte alle auf Französisch mit „Bon soir", das einzige, was er auf Französisch wusste. Er wies die Bedienungen an, jedem Gast ein Glas Sekt auf seine Rechnung zu servieren. Sie bedankten sich und fragten ihn, ob er denn heute Geburtstag habe. Aber Heinrich meinte nur, dass er die afrikanische Art der Gastfreundschaft praktizieren wolle. Sie sagten ihm, dass es tatsächlich in Kamerun üblich sei als Lokalbetreiber den Gast mit einem Geschenk an sich zu binden. Muniak aber wollte die nächste Runde selbst übernehmen, was die Gäste freute. Sie riefen, dass es nun unentschieden stände. Nun warteten sie darauf, ob es noch jemanden gäbe, der die dritte Runde übernehmen würde. Mit der Zeit gingen einige Gäste und Heinrich hatte Zeit seine Planung der African Night mit den Afrikanern zu besprechen. Sie wollten zunächst wissen, wann es stattfinden solle. Sie waren alle begeistert und wollten Freunde mitbringen. Bembra erklärte sich bereit bei der Organisation mitzuhelfen. Er sagte zu Ernst-Heinrich: „Heinrich, ich möchte der DJ des Abends sein. Die Gäste werden zu tropischen Rhythmen tanzen. Wie sieht es aus mit Essen? Wir sollten auch afrikanische Spezialitäten anbieten wie Jamwurzeln mit frittiertem Fisch oder Fufu mit Gemüse. Hast du davon schon mal gegessen?"

Dies musste Heinrich verneinen. Es höre sich aber gut an. Heinrich wollte nun wissen, wer dieses Essen für sie kochen könnte. Nun ergriff Muniak das Wort: „Ich finde diese Annäherung der Kulturen sehr gut. Nur so lernen die Menschen die anderen Völker kennen. Ich könnte die Moderation des Abends machen und eine gute afrikanische Musikgruppe finden."

Heinrich erwiderte: „So weit so gut, aber werden die Künstler ohne Gage auftreten, wir machen doch dann auf Flyern Werbung für sie, oder?"

Muniak meinte, dass wohl niemand heutzutage umsonst auftreten werde. Die Künstler müssten ja auch schließlich von etwas leben und was er denn dafür investieren wolle.

Heinrich antwortete: „Warum sollten wir nicht die Kosten übernehmen können. Ist doch für euch Afrikaner, dieses Fest, damit ihr euch wohl fühlt. Ich sehe nicht ein, dass ich mein Lokal zur Verfügung stelle und dann noch Kosten für euer Fest tragen sollte."

Kifara, der die ganze Zeit nur zuhörte, sagte: „Langsam, dein Lokal profitiert doch von diesem Abend, indem zusätzlich Gäste ins Lokal kommen. Als Geschäftsmann kannst du doch nicht nur aus reiner Menschenliebe etwas machen. Das ist doch deine Idee, diese African Night. Jetzt willst du uns die Verantwortung übertragen. Natürlich wird jeder dazu beitragen, wenn er seinen Profit daraus ziehen kann. Du wirst bestimmt Eintrittsgeld verlangen und mit dem Getränkeumsatz verdienst du auch am besten. So lass uns Klartext reden. Wenn du mir einen Anteil am Umsatz gibst, dann kann ich an dem Abend eine Musikgruppe auftreten lassen."

Schließlich einigten sie sich, dass die Musiker eine Gage bekommen sollten. Der Essenverkauf sollte von Heinrich übernommen werden.

Muniak war bekannt für seine ausschweifenden Reden. Als Moderator mussten ihn die Gäste den ganzen Abend lang zuhören, befürchteten sie. Daher baten ihn seine Freunde nicht so viel zu reden, damit der Abend gelingen würde. Die Leute wollten schließlich Spaß haben und keine langen Reden.

Muniak nahm die Kritik an und versprach sich so kurz wie möglich zu fassen.

Wie auch immer, man wollte abwarten, was Muniak unter „kurz fassen" verstand.

Die African Night begann um 20 Uhr. Das Lokal hatte sich in kurzer Zeit mit Gästen gefüllt. Es wurde langsam recht eng. Es kamen Deutsche und Afrikaner. Jeder bemühte sich noch einen Tisch zu bekommen, aber einige konnten keinen Tisch mehr bekommen. Muniak fand nette Worte für die Gäste und dankte Ernst-Heinrich für seinen Beitrag zu diesem Abend zum Kulturaustausch, der ohne ihn nicht stattfinden konnte.

Heinrich begrüßte auch die Gäste, gab seiner Freude darüber Ausdruck, dass alle so zahlreich gekommen waren und wünschte allen einen schönen Abend. Alles verlief soweit gut ohne Zwischenfälle und die Gäste schienen sich zu amüsieren. Es wurde immer wieder im Verlauf des Abends die Frage gestellt, wann die nächste African Night stattfinden werde.

Unter den Gästen waren auch Leiter von Kulturstätten. Sie waren von dem Abend angetan und gaben Muniak ihre Visitenkarten. Muniak konnte Dank seiner guten, humorvollen, nicht zu langweiligen Moderation weitere Einladungen zu anderen privaten oder öffentlichen Veranstaltungen bekommen. Kommunikation war sein Talent, er konnte es richtig einsetzen. Er verdiente zwar nicht schlecht durch solche Events, bemühte sich jedoch weiter um eine Stelle für internationale Beziehungen, als Bestätigung dafür, dass er nicht umsonst studiert hatte. Für ihn wäre nach wie vor eine Karriere als Diplomat das Beste, was er sich vorstellen konnte. Nun, da er Deutscher geworden war, musste er davon träumen, seine neue Heimat zu vertreten und ihr zu dienen. In einer Zeitungsanzeige wurde ein deutscher Interessent für eine Auslandsmission am Golf von Guinea gesucht. Nach mehrmaligem Lesen der Anzeige entschied sich Muniak seine Bewerbungsunterlagen einzureichen. Im Einzelnen wurde jemand gesucht, der international denken konnte, der mehrsprachig war, mit Kenntnissen in Völkerkunde und diplomatischem Verhandlungsgeschick. Berufserfahrung in diesem Bereich konnte Muniak nun nicht vorweisen. Daher legte er Kopien aller Zeitungsartikel, die mit der Thematik zu tun hatten, bei, um so zu zeigen, dass er sich mit der Materie stets auseinandersetzte. In seinem Anschreiben brachte er zum Ausdruck, dass er sofort einsatzfähig sei. Jedoch kam einige Wochen keine Reaktion auf seine Bewerbung, da die Institution die Unterlagen prüfte und noch weitere Bewerbungen zu bearbeiten hatte. Die Institution, die diese Stelle ausgeschrieben hatte, bekam etliche Anrufe von Interessenten, die fragten, wo der Golf von Guinea läge oder ob es dort gefährlich sei sich mit Malaria zu infizieren. Einige beschimpften sogar die Personalabteilung, dass es eine Frechheit sei deutsche Bürger für einen Einsatzort gewinnen zu wollen, wo niemand die Lebensumstände kannte. Für die Sachbearbeiter in der Personalabteilung gab es keine ruhige Minute mehr seit der Freischaltung der Anzeige. Sie behielten jedoch die Ruhe und sagten nur, wenn ihnen die Stelle nicht zusagt, brauchen sie doch nicht anrufen. Letztendlich bekam Muniak eine Zusage, nicht etwa weil er der Einzige war, sondern da er beide Kulturen am besten zu kennen schien.

Orimyakuba wurde im Land Mokozi geboren. Im Alter von fünf Jahren gaben ihn seine Eltern zur Adoption an eine deutsche Lehrerin frei. Der Junge wuchs dann im Ruhrgebiet bei seiner Stiefmutter auf. Trotz der vielen gültigen Papiere, die sie den dortigen Behörden vorgelegt hatte, sollte er deutsch eingebürgert werden. Bis zum Alter von fünfzehn Jahren blieb er Afrikaner. Er besuchte die Schule und machte eine Ausbildung als Elektromechaniker. Als er neunzehn wurde, bekam er einen Brief von der Einbürgerungsstelle, in dem er darüber informiert wurde, dass er nunmehr die deutsche Staatsangehörigkeit annehmen konnte.

Dazu sollte er aber seinen ghanaischen Pass in der Botschaft von Ghana abgeben, was er dann auch tat. Danach absolvierte er noch den Wehrdienst. In seinem Regiment konnten ihn einige seiner Kameraden nicht so gut leiden, aber er blieb davon unbeeindruckt und folgte anstandslos den Befehlen seiner Vorgesetzten. Er trug die Uniform, aber sah aus wie ein Elitesoldat. Es war sein Traumberuf, wovon er schon als Kind träumte. Er scherzte oft, dass sein Nachname auf Deutsch „Krieger" bedeutete. Er war temperamentvoll und hatte mit der Zeit gelernt wie die Kommandanten zu schreien. Wer hier so laut schreie, dass der Hals heiser sei, der komme weiter, hatte ihm ein Obergefreiter gesagt. Das amüsierte ihn und so fragte Orimyakuba: „Mein Kommandant, muss man wirklich so laut schreien, damit man gehört wird?"

Da sagte der Obergefreiter Weber: „Bitte, du sollst nicht jeden als Kommandant bezeichnen, der kein Kommandant ist. Ich bin Obergefreiter. Was wirst du tun, wenn der Kommandant kommt? Ihn General nennen?

Wenn du diesen Grundwehrdienst fertig hast, können wir schauen, ob du in die Berufsarmee eintreten kannst. Stell dir das Ganze nur nicht so leicht vor. Die Übungen werden immer schwieriger. Es erfordert Mut und viel Training in allen Belangen, sonst kannst du keinen realen Einsatz wie etwa in einem Bürgerkrieg überstehen. Du wirst dem deutschen Vaterland dienen auch im Einsatz im Ausland, wenn eine Friedensmission zu erfüllen ist. In dem Moment wirst du lernen die Wehrpflicht mehr zu schätzen. Mehr sag ich nicht dazu, es bleibt Berufsgeheimnis. Mir hat es immer Spaß gemacht, wenn ich zu solchen Auslandseinsätzen ausgewählt wurde. So konnte ich neue Nationen und Sprachen kennen lernen."

Darauf fragte Orimyakuba ihn, ob er denn nie Angst habe und ob er eine Familie habe.

Da lachte der Obergefreite und meinte, in der Armee zu dienen, heiße mutig, tapfer und kaltblütig zu sein. Für Gefühle wie Angst sei da kein Platz. Angst würden nur Feiglinge kennen. Man komme nicht weiter, wenn man ängstlich sei. Auch in der Truppe müsse man sich schützen. Man solle nicht nur Respekt vor dem Gegner, sondern auch vor den eigenen Leuten haben. An der Front brauche man blitzschnelle Reaktionen. Man hätte kaum Zeit zu entscheiden, ob jemand einen im Schatten nur erschrecken oder doch erschießen wolle. Er sei sich ziemlich sicher, dass Orimyakuba mit seiner afrikanischen Herkunft nicht dem Elefanten zum Opfer fallen und ihn sofort erschießen würde. Aber das werde er auch in der Berufsarmee lernen. Allerdings kann nicht jeder mit der Waffe umgehen, auch nach langem Training. Am besten er lasse alles auf sich zukommen, um selbst den Reiz dieses Berufs zu erfahren. Sie freuen sich immer, wenn junge Menschen zu ihnen kämen und gemeinsam Übungen mitmachen. Es sollte ihm schon klar sein, dass er mindestens eintausend Liegestützen machen müsse, um sich den Respekt in der Kaserne zu verdienen und er wolle wissen, wie viele Liegestützen Orimyakuba denn schaffen würde. Die anderen Soldaten stachelten ihn an, er solle zeigen, was er drauf habe.

Also gab er sein Bestes und strengte sich an, um sich nicht zu blamieren. Er war solche Übungen nicht gewohnt. Sein Ziel war es, später seinen Dienst in der Berufsarmee aufzunehmen und so ging er über seine Schmerzgrenze bei den Liegestützen hinaus. Er konnte über seinen Körper siegen und versuchte sogar noch komplizierte Drehbewegungen. Alle klatschten und forderten ihn auf, denn er atmete schwer und war völlig erschöpft. Der Obergefreite schaute ihn an und meinte, sein schwarzer Voodoo mache ihn so stark und unschlagbar. Für Orimyakuba war es eine große Leistung, denn er wuchs damit über sich selbst hinaus. Die anderen respektierten ihn nun mehr als zuvor. Er konnte sich das nur schwer vorstellen. Sie kamen zu ihm und wollten wissen, wie er sich nach den unzähligen akrobatischen Übungen fühle. er hatte sich bei einem Kopfstand mehrfach um die eigene Achse gedreht. Viele dachten ihm müsse doch dabei schwindelig werden. Auch der Kasernenarzt war anwesend während Orimyakuba seine Übungen machte, um im Falle eines Falles einsatzbereit zu sein. Seine Kameraden meinten, er solle einmal Luftwaffensoldat werden, um dort im Jet einen Einsatz zu fliegen vielleicht sogar als Pilot. Drei Monate vor Ende seines Wehrdienstes bekam Orimyakuba eine Einladung vom Kommandanten der Luftwaffenbasis. Er traf ihn in seinem Büro. Der Kommandant meinte, er solle sich für seine Kompanie bewerben. Er gab ihm ein Formular aus seinem Schreibtisch. Orimyakuba las es und zögerte nicht es auszufüllen. Der Kommandant fragte ihn, ob er alles genau gelesen und verstanden habe und gab ihm zu verstehen, dass er sich darüber klar sein müsse mit seiner Unterschrift eine Verpflichtung bei der Armee für zehn Jahre einzugehen. Diese Klauseln waren für den jungen Orimyakuba keine Hindernisse. Er gab das Formular zurück und bedankte sich noch dafür, dass sein Traum in Erfüllung gegangen sei. Während er sich mit dem Kommandanten unterhielt, sah er die vielen Abzeichen, die seine Uniform zierten und dachte sich, er wolle später auch einmal ein schwarzer Kommandant bei der deutschen Luftwaffe sein. Der Kommandant fragte ihn, ob er noch irgendeine Frage habe. Daraufhin wollte Orimyakuba wissen, wie viele Jahre es brauche, um Kommandant zu werden und bat den Kommandanten, ihm kurz seinen Werdegang zu schildern. Der Kommandant antwortete: „Ja, mein Junge. Es wird viel Zeit in Anspruch nehmen dir meinen Lebenslauf zu erläutern. Nur habe ich wenig Zeit heute. Ich kann nur soviel sagen: Wichtig ist, an sich zu glauben und sich auf neuen Feldern zu bewegen.

Ich war schon in vielen Krisengebieten dieser Welt, immer an der vordersten Front.

Das ist die Aufgabe und Herausforderung für jeden Soldaten sein Land zu verteidigen."

Darauf fragte Orimyakuba, wie man sein Land verteidigen könne, wenn man viele Monate im Ausland eingesetzt werde. Solange man ledig sei, sei es nicht tragisch, wo man eingesetzt werde. Erst wenn man eine Familie habe, kämen die Probleme.

Der Kommandant meinte, dass es verständlich sei. Weil er sich noch daran erinnere, dass er schon drei Wochen nach der Heirat mit seiner Frau in einem Krisengebiet eingesetzt wurde, könne er ihm viel Hoffnung machen, Familie und Beruf in Einklang zu bringen. Er habe es geschafft. Dann fragte der Kommandant, warum er das wissen wolle. Ob er schon mit seinen achtzehn Jahren heiraten wolle? Orimyakuba verneinte dies, er wollte es nur grundsätzlich wissen.

Der Kommandant begrüßte nochmals die Entscheidung Orimyakubas für das Berufsheer und bot ihm an jederzeit zu kommen, wenn er einmal ein Problem hätte. Orimyakuba dankte ihm dafür und verabschiedete sich mit militärischem Gruß. Als er wegging, überdachte er seine Entscheidung nochmals. Er hatte einen Vertrag unterzeichnet und konnte nicht ahnen, was ihm noch bevorstünde. Er war jedoch optimistisch, dass er den richtigen Weg eingeschlagen hatte. Einen Weg, auf dem er noch disziplinierter und gehorsamer werden musste und eines Tages als hochrangiger schwarzer Offizier bei der Bundeswehr geehrt werden konnte. Nach dem Wehrdienst kehrte er zunächst für ein paar Tage zu seiner Adoptivmutter zurück. Sie hörte ein Geräusch im Hof und öffnete das Fenster. Sie sah jemanden in Uniform, erschrak und erkannte Orimyakuba zunächst nicht. Er hatte sich nach den achtzehn Monaten Wehrdienst irgendwie verändert, sah stärker, männlicher aus und trug eine Mütze auf dem Kopf. Er rief: „ Hallo Mama, ich bin's doch, hast du mich nicht erkannt?"

Sie antwortete: „Oh, ich hatte Angst und fragte mich, was ein Soldat in unserem friedlichen Haus zu suchen hätte. Wie dumm von mir. Du siehst so trainiert aus. Was hast alles dort gemacht die ganze Zeit?"

Orimyakuba umarmte sie und meinte er habe dort viele körperliche Übungen absolviert, die seine Muskeln gestärkt hätten. Er gab ihr zu verstehen, dass er die Zeit nicht bereut habe. Er sei stolz darauf, da er weiter in die Berufsarmee gehen werde. Einen Vertrag für zehn Jahre habe er schon unterschrieben. Die Adoptivmutter schien davon wenig beeindruckt zu sein und meinte: „Du willst also Soldat werden, wo doch jeder andere Job leichter ist. Es ist gefährlich und ich will dich nicht verlieren. Du bist erwachsen und solltest wissen, was du willst und für dich gut ist. Ich will dir da nicht hineinreden. Du wirst unser Land verteidigen und repräsentieren. Sei vorsichtig, dass der Gegner nicht schneller die Waffe feuert als du. Dennoch wünsche ich dir alles Gute."

Danach bereitete sie ihm sein Lieblingsgericht zu. Es waren Auberginen mit Reis und Orimyakuba erzählte ihr, warum er weiterhin Soldat sein wolle. Es war für ihn eigentlich immer schon sein Wunschberuf, warum sollte er dann einen anderen Beruf ergreifen, der nicht so gefährlich war. Das Wort Beruf komme von Berufung, der Motivation etwas auszuüben, wozu man berufen sei, sagte er ihr. Er fühle sich dazu berufen. Die Gefahr täglich dem Tod ins Auge zu sehen, könne ihn nicht abschrecken, das gehöre eben dazu. Auch der Tischler könne sich in die Hand schneiden anstatt das Holz, das er sägen wolle.

Er war innerlich irgendwie genervt von der Diskussion mit seiner Mutter und hoffte, dass die Tage bald vorüber waren und er wieder ausrücken könnte. Nach zwei Wochen nahm er seinen Dienst wieder auf. Er sollte eine Grundausbildung erhalten, die drei Monate dauerte. Sie sollte ihn auf die Luftwaffenausbildung vorbereiten. Während der Ausbildung wurde er Gefreiter. Danach sollte er weiter im Rang aufsteigen. Als gelernter Automechaniker hatte er bessere Chancen schneller zum Unteroffizier befördert zu werden. Es begann für ihn eine harte Ausbildung. In der Armee war Disziplin mehr denn je höchstes Gebot. Langsam wurde ihm klar, dass nicht nur die physische Verfassung entscheidend war, um hier erfolgreich zu sein.

Da er muskulös und durchtrainiert war, bat man ihn, in der Handballmannschaft der Armee mit zu spielen. Sie trainierte nach militärischer Manier. Nach dem Essen folgten wieder Sportübungen. Dann folgte ein Aufmarsch zum Singen durch die Stadt.

Es machte allen Spaß, denn die Leute zollten ihnen Respekt, wenn sie in ihren Ausgehuniformen in den Straßen standen. Auch wurde er mit seinen Kameraden auf Patrouille an verschiedene Orte geschickt. Es waren zum Teil schwierige Einsätze. Manchmal brauchte es viel psychologische Taktik, die

Truppe einigermaßen zu beruhigen. Orimyakuba wurde meist nach vorn geschickt. Vielleicht deswegen, weil er schon genug Mut bewiesen hatte oder er einfach das bessere Geschick beim Angriff hatte. Die übertragenen Aufgaben erfüllte er mit Begeisterung und fragte nicht, warum die anderen Kameraden hinter ihm standen. Er erinnerte sich an die Worte seiner Stiefmutter, die er sagen hörte: „Du musst dich vor Angriffen schützen, auch wenn du dir diesen Beruf so sehr gewünscht hast."

In der Kaserne hatte sich herumgesprochen, dass in ein paar Monaten einige der Truppe zum Unteroffizier ernannt werden würden. Die Liste der Betroffenen war jedoch nicht bekannt. Es kursierten Spekulationen und Gerüchte unter den Kameraden. Jeder achtete nun auf den anderen, denn er könnte ja demnächst Chef sein. So schnell könnte man General werden, dachte sich Orimyakuba und zog es vor sich nicht in diese Spekulationen einzumischen. Niemand wusste nach welchen Kriterien die Auswahl stattfinden sollte. Deshalb wollte er erst mal abwarten. Ein Freund Orimyakubas sagte: „Von uns allen beweist du die größte Tapferkeit und machst einen einwandfreien Job. Wenn es nach mir gehen würde, würde ich dich zum Unteroffizier ernennen, denn du hast es meiner Meinung nach verdient. Ich habe auch den gleichen Dienstgrad wie du und wünschte mir auch Unteroffizier zu sein. Es bedeutet ja auch mehr Geld, das ich gut gebrauchen könnte. Meine Frau ist im siebten Monat schwanger. Wir wollen ein Haus bauen. Wir haben so viele Pläne in unseren Köpfen, aber mit meinem momentanen Einkommen können wir davon nur einen Bruchteil realisieren. Ich lasse alles in Gottes Händen."

Orimyakuba erwiderte: „Du glaubst an Gott?"

Darauf meinte der Freund, dass er nicht wisse, was einen als Soldat daran hindern solle an Gott zu glauben. Der Kommandant Leberecht sei doch auch ein aktives Kirchenmitglied soviel er wisse. Viele Zivilisten unterstellen ihnen meist nur böse Absichten. Sie täten als Soldat nur ihre Arbeit und schützten auch diese Kritiker.

Da erwidere Orimyakuba, dass sie alle Gott an ihrer Seite brauchen, gerade dann, wenn sie im Kriegseinsatz seien. Sie müssten beten, dass der Feind ihnen nicht das Leben nehme.

Aber der Feind bete auch, antwortete sein Freund. Gott stehe doch an der Stelle von allen Kriegern. Daher habe er aufgehört zu glauben. Er nahm sich ein Glas, schenkte etwas Cognac ein und trank es leer. Im Grunde waren beide sehr versierte Automechaniker bevor sie in die Armee eintraten. Sie beide waren ehrgeizig und wollten Offiziere werden.

Als die Namen der neuen Unteroffiziere bekannt gegeben wurden, freuten sie sich beide, es geschafft zu haben. Sie hofften, dass ihre Karriere noch weitergehen würde.

Nach einer Woche sollte es eine Militärparade geben, in der die zwanzig neuen Unteroffiziere feierlich von den Ranghöchsten der Armee geehrt würden. Sie alle bekamen neue Uniformen und hatten auch ihre Abzeichen an den Schultern, je nachdem welcher Truppe sie angehörten. Orimyakuba sah blendend aus in der neuen Uniform. Die Haare hatte er abrasiert. Er gab den Termin all seinen Freunden und Familienangehörigen bekannt. Diese Nachricht schlug Wellen, sogar die afrikanische Kirchengemeinde im Ruhrgebiet hatte sich vorgenommen an den Feierlichkeiten teilzunehmen. Dort wollte sie mit Tänzen und Musik auftreten.

Die hohen Wände vor dem Militärkrankenhaus wurden neu gestrichen. Die Militärs wussten zu feiern. Die Militärparade war faszinierend, und der Chor begleitete das Ganze.

Orimyakubas Freunde waren beeindruckt. Einige hatten ihre Trommeln gebracht und spielten auf ihnen, wann immer sich eine Gelegenheit bot, um so die Rhythmik und Klänge Afrikas zu präsentieren. Die afrikanischen Tänzerinnen und Tänzer bewegten ihre Körper zu den Rhythmen. Die Leute, die gekommen waren, applaudieren als die Garde ankam, der Orimyakuba angehörte. Sie hielt kurz vor der Tribüne zum Hände schütteln mit dem Oberkommandanten Leopold, der wie ein General anmutete. Allein die vielen Abzeichen, die er an der Brust trug, waren schon beeindruckend und sorgten für Aufmerksamkeit. Viele fragten sich, wer das denn sei. Imaleba, der zuschaute, meinte zu seinem Freund, dass es bestimmt einer sei, der viel Erfahrung vorzuweisen hätte. Aber was für Erfahrung das sein sollte, erwiderte der Freund. Es herrsche doch Frieden. Er sei vielleicht ein großer Stratege, aber er selbst werde bestimmt nicht an der Front stehen. Leiden würden sowieso nur die Kleinen.

Orimyakuba werde ihnen sagen, wie man am Anfang in der Armee behandelt werde.

Je höher man in Armee aufsteige, desto schöner sei der Job, habe ihm ein Schulfreund erzählt. Am Ende der Parade gingen sie alle noch zu Orimyakuba. Dort feierten sie bis zum Morgengrauen. Alle wünschten ihm noch viel Glück und Erfolg in den künftigen Einsätzen.

Orimyakuba antwortete: „Ich werde unser Vaterland beschützen und verteidigen. Das ist unsere Aufgabe in der Armee. Jeder von uns trägt eine Schutzweste. Als ich in einer Übung von einem Kameraden an der Schulter verletzt wurde, betete ich sofort zu Gott. Denn nur er ist unser Fels, an den wir uns anlehnen können. Mit meinem tiefen Glauben kann ich jede Situation meistern. Mit dieser Einstellung wächst meine Motivation auch, wenn der Gegner mir zu nahe kommt."

Alle lächelten und rieten ihm aber dennoch immer vorsichtig zu sein. Orimyakuba arbeitete weiter fleißig und blieb seinen Vorgesetzten gegenüber loyal. Eines Tages fragte ihn ein Oberleutnant, ob er bereit sei, sich mit dem Kommandanten auf eine Afrikamission zu begeben. Da antwortete Orimyakuba diplomatisch: „Ich danke ihnen, dass sie mir eine Möglichkeit geben meine afrikanische Verbundenheit dem Kommandanten zeigen zu dürfen. Afrika ist aber sehr groß. Sie denken vielleicht, dass ich mich dort schneller verständigen kann als der Kommandant. Schauen Sie, ich bin im Alter von fünf Jahren nach Deutschland gekommen. Dort bin ich aufgewachsen. Ich bin zwar schwarz und sehe afrikanisch aus, aber im Inneren bin ich deutsch. Es mag komisch sein, aber es ist nicht die Farbe meiner Haut, sondern das Umfeld, in dem ich mein bisheriges Leben verbracht habe, das meine Identität bestimmt."

Ein paar Tage später hatte Orimyakuba eine Begegnung mit dem Kommandanten. Orimyakuba informierte sich bei einem afrikanischen Nachbarn ausführlich über das Land, wo sie ihre Mission haben sollten. Dieser warnte ihn davor, dass zu dieser Jahreszeit mit starkem Regen und unpassierbaren Straßen zu rechnen hätten. Sie würden im Schlamm stecken bleiben und von Moskitos geplagt werden.

Orimyakuba erwiderte, dass ihm das Ganze schon Sorge bereite, aber er habe auch die Chance, Afrika kennen zu lernen. Er sei zwar in Afrika zu Welt gekommen und in Deutschland aufgewachsen, aber so werde sein Herz endlich einmal afrikanisch schlagen. Er war jedenfalls dankbar für die Tipps, die er bekommen hatte. Orimyakuba traf nun den Kommandanten Leberecht in seinem Büro. Er war gerade damit beschäftigt sich über Impfungen zu informieren. Er hatte sich auch über die aktuellen Krankheiten in Afrika aufklären lassen. In seiner humorvollen Art meinte er, dass Deutschland auch nicht virenfrei sei. Manche gingen sogar soweit und empfahlen ihm sein Mineralwasser aus Deutschland mit nach Afrika zu nehmen. Denn in Afrika könne es sein, dass eine noch so gut verschlossene Flasche bereits mit Keimen infiziert war. Er ließ sich nicht dadurch beirren und wollte sich erst einmal ein eigenes Bild von der Realität dort machen. Orimyakuba meinte es sei wohl besser nicht mehr so viele Fragen zu stellen. Er bedauerte, dass er keinen positiven Eindruck gewonnen hätte. Was sei mit den vielen deutschen Urlaubern, die jedes Jahr ihre Ferien in afrikanischen Ländern verbrächten. Sie müssten ja auch Motive haben, um ihre Ferien dort zu verbringen. Sie müssten jedenfalls einen besseren Eindruck haben als die Fernsehberichte meist zeigen. Als Orimyakuba das Büro des Kommandanten verließ, war er sichtlich entspannt, denn er hatte ihm diese Angst vor Afrika genommen, obwohl die Neugier überwog. Obwohl er Afrika nur aus der Ferne kannte, spürte er nun die Ruhe in ihm als ein Geschenk, das ihm bei seiner Geburt in Afrika in die Wiege gelegt wurde. Der Kommandant war sehr angetan und stellte ihm in Aussicht, dass wenn sie aus Afrika zurückkehrten, er wieder im Dienstgrad steigen könne. Sie würden in Afrika nicht kämpfen, sondern die Landesarmee unterstützen. Wie lange sie dort bleiben würden, würde der Kommandant noch bestimmen. Am Abflugtag waren noch einhundert weitere Soldaten dabei. Darunter waren auch viele Soldaten von der Marine, die an der atlantischen Küste eingesetzt werden sollten. Es wurde ihnen ein Hauptmann zur Seite gestellt, der dem Kommandanten unterstellt war. Schon am Flughafen genoss Orimyakuba Respekt. Nach außen wirkte der Kommandant unsympathisch und arrogant. So war es schon ein Wunder, wenn er bei der Begrüßung eine Regung zeigte. Dass Orimyakuba den leichteren Zugang zu ihm fand, grenzte für seine Kameraden an ein Wunder. Sie taten alles Mögliche, um seine Aufmerksamkeit zu erhaschen, ernteten meist aber nur Kritik von ihm. Am Tag der Abreise waren alle Unteroffiziere im Aufenthaltsraum versammelt und verabschiedeten sich vom Kommandanten. Alle standen und führten eine rhythmische Bewegung aus wie aus einem Guss. Der Kommandant trat in den Ehrensalon ein und die Offiziere folgten ihm. Orimyakuba wirkte wie ein Bodygard an seiner Seite, der jeden Befehl ohne zu zögern ausführte wie es die Disziplin in diesem Beruf erforderte. Eine kleine Unaufmerksamkeit widerfuhr Orimyakuba, als er am Flughafen eine Freundin beim einchecken erkannte und sie zärtlich umarmte. Dies sei nicht der Zeitpunkt für eine Romanze, schrie ihn der Hauptmann an, der neben ihm stand. Er solle gefälligst aufhören, er sei schließlich in Uniform und im Dienst. Orimyakuba erwiderte mutig, dass sie doch nicht in einer Klosterschule seien. Dies hörten alle Kameraden und lachten in sich hinein, um nicht erwischt zu werden. Doch der Hauptmann erwischte einen von ihnen dabei und rügte ihn sogleich, dass er jeden bestrafen werde, den er lachen sehe. Orimyakuba fragte, wieso er dies denn tun solle? Vielleicht war es seine Rückendeckung durch den Kommandanten, die ihn so zum Hauptmann sprechen ließ. Orimyakuba sah nicht ein, sich beugen zu müssen. Mit seiner direkten Art und manchmal zornigen Reaktion, wenn ihn jemand schikanieren wollte, hob er sich in der Kaserne von der Masse ab. Die Untergebenen mussten nicht mit Füßen getreten werden. Dafür setzte er sich ein, damit kein Machtmissbrauch stattfinde. Auch der Kommandant wusste mit ihm umzugehen. Wenn Orimyakuba einmal explodierte, konnte ihn nichts so leicht besänftigen, obwohl er von Natur aus ruhig war. Gegen 18 Uhr stiegen sie in die Maschine nach Mali.

Als sie in Bamako landeten, wurden sie von zwei Generälen empfangen. Der Kommandant begrüßte sie auf die gebotene militärische Art mit der rechten gestreckten Handspitze an der Schläfe während sie Orimyakuba brüderlich umarmten. Der Kommandant war erstaunt, wie freundlich die beiden Generäle waren. Sie nahmen sie in ihrem Dienstwagen mit und fuhren gemeinsam zum Verteidigungsministerium. Dort sollten sie den Minister Bobojodo treffen, um die Details der strategischen Unterstützung zu besprechen. Orimyakuba bemühte sich in der dortigen Landessprache zu reden. Der Kommandant fragte am Empfang des Ministeriums, ob er telefonieren könne. Der Pförtner hatte ihn nicht verstanden, da er auf Deutsch redete, obwohl er Französisch konnte. Orimyakuba meinte zum Kommandanten: „Sie sprechen doch Französisch. Ich kann nur Englisch. Anscheinend sprechen und verstehen viele hier nur Französisch. Jeder, der Orimyakuba im Ministerium sah, wollte ein Foto mit ihm machen. Eine Soldatin marschierte auf ihn zu und flüsterte ihm etwas ins Ohr. Er hatte zwar nichts verstanden, lächelte aber. Es schien ihm so, als habe sie ihm ein Kompliment gemacht. So fragte er sie: „Hi, what's amazing you?" Sie konnte kaum Englisch und antwortete in einem Mischmasch: „Oui, vous are très beautiful."

Aha, dachte sich Orimyakuba, wenn sie von ihm fasziniert war, dann könnte er in Mali eine gute Zeit mit ihr erleben, denn sie sah auch nicht schlecht aus. Er gab ihr ein Augenzwinkern und meinte nur, dass er kein Französisch verstehe. Er wolle es aber in Kürze lernen. Während Orimykuba mit der Soldatin im Gespräch war, verhandelte der Kommandant über die Ausbildung junger Offiziersanwärter und Investitionen in neue Kommunikationstechniken. Sie waren mit der technischen Machbarkeit des Projekts beschäftigt. Dazu sollte der Minister seine Zustimmung geben. Diese Verhandlung fand ohne Orimyakuba statt. Er saß die restliche Zeit draußen ohne ihn über das Ende der Verhandlung zu informieren. Orimyakuba dachte, wofür er den Kommandanten nach Afrika begleiten sollte, wenn er dann nicht an der Verhandlung teilnehmen durfte. Er verstand allmählich, dass er nur als Türöffner für die Mission fungierte. Er überlegte, wie er dem Ärger Luft machen konnte, der langsam in ihm aufstieg. Da lief ein anderer Offizier an ihm vorbei. Er sprach Deutsch und begrüßte ihn mit schwäbischem Akzent. Da lächelte Orimyakuba und antwortete: „Hallo, waren Sie früher in Deutschland?"

„Ja", behauptete der Offizier. „Ich war in Bremerhafen für 6 Monate. Es war sehr gut und dort habe ich viel Bier getrunken. Dies waren schöne Zeiten. Ich kam im Winter und habe immer sehr stark gefroren. Nun bin ich am schwitzen. Hier im Land haben wir 35 Grad und ich vertrage es besser als die Kälte. Sie sind bestimmt die Hitze nicht gewöhnt, nicht wahr? Da Sie viel schwitzen. Nur, es ist eine Frage der Zeit, vor allem sind Sie schwarz und werden bestimmt keinen Sonnenbrand leicht bekommen, fügte der Offizier hinzu.

Makimba: Aus dem Schatten der berühmten Familie

Makimba war die einzige Tochter eines einflussreichen, mächtigen Gouverneurs. Es war eine zwölfköpfige Familie. Jedes Mal, wenn die Frau des Gouverneurs schwanger war, ließ sie sich über Ultraschall untersuchen, um vorab zu sehen, ob es wieder ein Sohn oder die ersehnte Tochter sein würde. Sie war nicht gerade begeistert, wenn es wieder ein Sohn war. Sie wollte endlich eine Tochter in die Welt setzen. Sie zögerte auch nicht, Kontakte zu Hellsehern aufzunehmen und gab dafür viel Geld aus, wenn man ihr ein Wundermittel für die Geburt eines Mädchens versprach. Ihr Mann nahm dagegen das Ganze gelassen hin und freute sich auch über jeden Buben, der ihm so sehr ähnelte. Er war sehr stolz darauf, den Gästen alle seine Söhne vorstellen zu können. Jedes Kind hatte einen besonderen Namen, der entweder von seinem Großvater stammte oder an die Vorfahren erinnerte. Mal stellte er auch den Urgroßvater vor oder die afrikanische Ikone, die er immer bewunderte. Einer ihrer Söhne trug den Namen Mondo Musango, was Friedensmensch bedeutet. Dieser Sohn machte seinem Namen Ehre und war tatsächlich friedfertig und hilfsbereit. Einen anderen Sohn nannten sie Mokadibie, das heißt kluger Kopf. Dieser Name charakterisierte ihn gut, denn er war ein gelehriger Schüler. Die Ehefrau des Gouverneurs ließ ihren Mann die Namen für die Söhne finden, bestand aber darauf, dass, wenn sie einmal eine Tochter bekommen würden, sie den Namen für die Tochter wählen dürfte. Nach der Geburt des achten Kindes fragte sie ihren Ehegatten, ob sie nicht mit dem, was der Herrgott ihnen an Kindern geschenkt hatte, zufrieden sein sollten. Er erwiderte, dass es egal sei, Hauptsache gesund. Er wollte seine Erwartungen nicht über den unveränderlichen Lauf der Natur stellen und in eine Depression verfallen. Er warnte sie davor irgendwelche Mittel einzunehmen, um ein Mädchen zu gebären.

Als sie nach ihrer neunten Geburt wieder schwanger wurde, träumte sie, dass ein Mädchen mit vielen Haaren auf dem Kopf am Fluss von Tanitoso badete. Als sie ihrem Mann von dem Traum erzählte, wünschte er sich, dass der Traum in Erfüllung gehen würde. Am Abend desselben Tages ging zu zum Fluss, schaute zu den Sternen auf und betete, dass sich ihr sehnlicher Wunsch erfüllen möge. Nach einigen Wochen ging sie zu ihrem Frauenarzt. Als er sie wieder per Ultraschall untersuchte, konnte man große Freude in seinem Gesicht sehen.

Da fragte sie ihn, was es so freudiges zu sehen gäbe. Er antwortete, dass es genau das sei, was sie sich so sehr gewünscht hätte.

Sie fügte hinzu: „Nun, da ich aufgehört habe ständig danach zu suchen, ist alles von allein gekommen. Ob es doch ein Wunder war?"

Der Arzt zuckte die Schulter und schaute auf die Uhr. Viel Zeit hatte er nicht mehr, da noch andere Patienten auf ihn warteten, aber er hatte noch etwas auf dem Herzen, was er mitteilen wollte. Er fragte sie, ob sie glaube, Medizinmänner seien besser als Ärzte. Warum sie beim Medizinmann so leicht ihr Geld liegen lasse, aber die Arbeit und das Können der öffentlichen Krankenhäuser nicht so schätze. Sie sei ja nicht die Einzige, die zu diesen Schamanen gehe. Diese Leute versprächen viel, aber sie solle ruhig glauben, dass die Natur sich schon von selbst regeln könne. Gerade beim Geschlechtswunsch von ungeborenen Kindern könne kein Mittel wirken.

Er fügte hinzu: „Wir haben zwar ein nicht unbeträchtliches Wissen heutzutage über die Vorgänge im Körper, aber wir können nicht den lieben Gott spielen. Daher bleibt es reine Spekulation, welches Geschlecht das Neugeborene haben wird. Die Spermien des Mannes entscheiden letztendlich über das Geschlecht. Es gibt noch keine Möglichkeit, die es uns ermöglicht, das zu steuern."

Die beiden verabschiedeten sich und die Gouverneursgattin bekam ihren nächsten Termin, der in drei Monaten sein sollte. Sie hatte jedoch die Möglichkeit jederzeit wieder zu kommen, falls etwas sei. Sie gab ihrem Arzt noch zu verstehen, dass er ihr Ehrengast sein werde, wenn die Geburt ihrer ersten Tochter gefeiert würde. Der Gynäkologe bedankte sich und war sehr von dem starken Willen dieser Dame angetan, die trotz ihres vergleichsweise höheren Bildungsniveaus schon so viele Kinder bekommen hatte und noch nicht ans Aufhören dachte.

Er dachte sich, dass sie wohl diesmal ihre Familienplanung zum Abschluss bringen würde, da sie endlich eine Tochter gebären würde und sich somit ihr sehnlichster Wunsch erfüllt hätte. Er war froh, dass auch solche hochrangigen Frauen zu ihm kamen, da sie sich meist in Europa behandeln ließen.

Für ihn war es auch der Beginn von Wertschätzung der einheimischen Ärzte. Sie hatten den Vorteil in der Nähe zu sein. Man brauchte keine langen Reisen auf sich zu nehmen, die gerade für schwangere Frauen immer mit Risiken behaftet sind. Wenn sich mehr Leute in der Bevölkerung darauf besinnen und der Staat mehr in das Gesundheitswesen investierte, dann könnte auch eine flächendeckende, bessere medizinische Versorgung gewährleistet werden.

Er war immer betroffen, wenn er hörte, dass Beamte und gut situierte Leute sich lieber im Ausland behandeln ließen. Hatte man denn gar kein Vertrauen in die einheimischen Ärzte?

Er selbst hatte in Afrika Medizin studiert und danach ein paar Aufenthalte in Europa gemacht, um sich zu spezialisieren. Mittlerweile war sein Büro im Krankenhaus gut frequentiert, und es wurde langsam schwer neue Patienten aufzunehmen. Zusätzlich hatte er noch eine kleine Privatpraxis daheim eingerichtet. Dort empfing er nur Patienten nach Terminabsprache. Die Gouverneursfrau hatte ihren Gynäkologen in ihrem gesamten Bekanntenkreis empfohlen.

Da ihre Freundinnen schon wussten, dass sie diesmal eine Tochter bekommen sollte, dachten einige von ihnen, dass ihr Arzt sie mit Hormonen behandelt hätte, um die gewünschte Tochter zu bekommen. Die Spekulationen hörten nicht auf.

Kusadi hatte schon mehrere Aufenthalte in Marseille hinter sich. Sie wollte unbedingt ein Kind, aber bisher hatte es noch nicht klappen wollen. Sie war eine derjenigen Patienten, die wenig von den öffentlichen Krankenhäusern hielten. Sie konnte sich die kostspieligen Behandlungen in Europa leisten. Als Kusadi mit der Gouverneursfrau sprach, gab sie ihr den Tipp, ihren Gynäkologen zu konsultieren und die Qualität des hiesigen Krankenhauses nicht zu unterschätzen. Die Ärzte leisteten ohne Zweifel sehr viel trotz der schlechten medizinischen Ausstattung. Also nahm Kusadi den Rat an und bedankte sich.

Sie sagte: „Adje, du kennst meine Meinung über die Medizin hier im Land. Ich werde mir nicht zu viele Hoffnungen machen. Einer meiner Cousins, der in Boston lebt, arrangiert dort gerade einen Arzttermin für mich. Es soll da einen Spezialisten geben, der sehr erfolgreich ist. Übrigens, wo willst du dieses Mal entbinden? Doch nicht etwa im öffentlichen Hospital, wo sie nicht einmal ein Thermometer haben? Du als GrandDame des Gouverneurs. Unsere Kinder sind immer in der „Klinik der schönen Engel" zur Welt gekommen. Nur diesmal ist es anders. Die Klinik wird keinen fremden Arzt im Kreißsaal akzeptieren. Das ist mein Problem. Ich wünsche mir eben nur, dass alles reibungslos funktioniert."

Einerseits lehnte die Gouverneursfrau den Standard des Hospitals ab, andererseits fand sie es auch nicht verkehrt, dass sie als Firstlady endlich Werbung für die öffentliche Einrichtung machte, auf die ihr Mann, der Gouverneur, Einfluss hatte. Die Zeitungen würden bestimmt einiges darüber berichten, dass die Frau des Gouverneurs, wie eine normale Frau aus dem Volk in der Klinik entbunden hätte. Eine bessere Werbung könnte es kaum geben. Allerdings könnte auch im Umkehrschluss vermutet werden, die Frau des Gouverneurs habe eventuell finanzielle Schwierigkeiten, wenn sie sich wie das gemeine Volk behandeln ließe. Sie aber dachte eher, dass sie damit mehr Volksnähe zeigte. Sie legte nicht so viel Wert auf Prestige. Es könnte sogar von Vorteil für ihren Gatten, den Gouverneur sein, wenn der Präsident davon erfahren würde, denn er predigt stets, dass die Bürger die Leistungen und Angebote im Land nutzen sollten, um die Wirtschaft zu unterstützen.

Kusadi erwiderte, dass der Präsident das wohl predige, aber er selbst würde auch kein Wasser aus verrosteten Rohren trinken. Er sage dies nur wegen seiner eigenen Popularität. Er versorge sich mit Waren aus Europa, wie sie es auch tue, obwohl sie nicht zum Establishment zähle. Diese beiden Frauen hatten sich immer viel zu erzählen während ihrer Treffen. Sie unterhielten sich stets im Garten und genossen die Sonne unter den Palmen. Es war ein idyllischer Platz im Gouverneurspalast, den alle liebten und bewunderten. Seit ihrer Schwangerschaft durfte die Gouverneursfrau keinen Champagner genießen. Sie begnügte sich mit Wasser, während Kusadi sich schon zwei Gläser dieses edlen Getränks genehmigt hatte. Das Kinderzimmer für das neueste Familienmitglied war schon eingerichtet, denn in nur wenigen Tagen sollte der Familienzuwachs kommen: Die lang ersehnte Tochter. Der Gouverneur wollte es sich nicht entgehen lassen diesmal der Geburt im Kreißsaal beizuwohnen und hielt sich zum errechneten Geburtstermin seinen Kalender frei. Am frühen Morgen des nächsten Tages bekam seine Frau Wehen. Das war eigentlich zu früh, aber sie rief dennoch den Chauffeur herbei, sich bereit zu halten. Im Krankenhaus war man inzwischen schon auf die Niederkunft der hochrangigen Patientin vorbereitet. Der Flur wurde neu gestrichen. Es wurden Sicherheitsmaßnahmen ergriffen, damit sie ihre Ruhe hatte, dort, wo sie sich aufhalten würde und von anderen Patienten ungestört blieb. Es wurde eigens ein Ärzteteam für die Gouverneursfrau gebildet. Der Direktor des Hospitals hatte Anweisung gegeben, dass er informiert sein wolle, sobald die Gouverneursfrau eingetroffen sei, damit er das neue Glück höchstpersönlich nach der Niederkunft willkommen heißen könnte. Ein paar Stunden später war es soweit und der Ernstfall trat ein. Viele Neugierige wollten wissen, welche wichtige Person mit Polizeieskorte am Krankenhaus ankam. Die Eskorte hielt direkt vor der Entbindungsstation. Ein paar Patienten erkannten den Wagen des Gouverneurs, aber seine Gattin konnten sie nicht sehen, da sie gut abgeschirmt direkt in den Kreißsaal geführt wurde. Dort empfing sie das Ärzteteam bestehend aus den Doktoren mit der größten Erfahrung.

Sie begrüßten den Gouverneur untertänig wie einen König und baten ihn, in einem Nebenraum Platz zu nehmen, wohin ihm dann auch der Direktor des Krankenhauses folgte. Eine Stunde saßen sie zusammen und erfrischten sich mit gekühltem Bier. Der Gouverneur wollte entgegen seines Planes nun doch nicht in den Kreißsaal mit hineingehen. Der Mut hatte ihn wohl im letzten Moment verlassen. Er betete, dass es am wichtigsten sei, wenn das Kind gesund wäre – egal ob Junge oder Mädchen. Als die Hebamme nach einiger Zeit aus dem Kreißsaal kam, um ihm mitzuteilen, dass das Kind geboren war, sprang er vor Freude auf und fragte sie ganz aufgeregt, ob es ein Mädchen sei, was sie bejahte. Es war für ihn wohl einer der schönsten Augenblicke in seinem Leben, als er dann seine Tochter im Arm hielt und seine Frau vor Dankbarkeit küsste. Nun kam in Sekundenschnelle ein Chor, der sang und tanzte. Das hatten sich die Ärzte ausgedacht als Überraschung für die Gouverneursfamilie. Die Geburt war für die Gouverneursfrau ohne Komplikationen verlaufen, so dass sie das Krankenhaus nach drei Tagen schon verlassen konnte. Während ihres Aufenthaltes wurde sie nur mit feinsten Speisen verwöhnt wie im Gourmetrestaurant. Dies erweckte die Aufmerksamkeit der anderen Patienten, die schon länger im Krankenhaus behandelt wurden. Das Krankenhaus wollte bei der Gouverneursfamilie stets nur den besten Eindruck hinterlassen und sich keinerlei Blöße geben. Der Gouverneur konnte dem Hospital jederzeit einen Besuch abstatten und sich von dessen Zustand ein Bild machen. Der Staat stellte im Rahmen seines Gesundheitsbudgets Gelder zur Verfügung, aber meist sahen die Patienten dennoch keine Neuerungen und Beschwerden blieben unbeachtet. Am Tag als die Gouverneursgattin entlassen wurde spielte das Musikkorps der Polizei auf. Diese zwölf Mann starke Kapelle spielte Musik vom Feinsten. Auch die anderen Patienten genossen die Darbietung und fühlten sich wohler dabei. Sie schienen ihre Leiden für eine Weile vergessen zu können. Einige von ihnen, für die das Hospital schon zum Wohnsitz geworden war, sagten, dass endlich Leben in die Bude gekommen sei. In der Tat schien die Harmonie der Musik den gedrückten Seelen gut zu tun und den Heilungsprozess zu beschleunigen. Wenn an dieser These etwas Wahres dran wäre, warum konnten dann die Zimmer nicht mit Kopfhörern ausgestattet sein? Die Realität sah im wahrsten Sinn des Wortes ernüchternd aus. Die

Wände waren nackt, an den Fenstern hingen keine Gardinen. Der Gouverneur konnte am Entlassungstag seiner Frau nicht kommen und schickte daher seinen Stabschef als Vertretung. Auch wenn die Geburt eines Kindes in der Familie seines Vorgesetzten eine private Angelegenheit war, konnte er die Anweisung des Gouverneurs nicht ignorieren. Allen Anweisungen des Gouverneurs musste er selbstverständlich Folge leisten, sonst drohten ihm disziplinarische Maßnahmen. Das war seine Art, Macht auszuüben.

Der Gouverneur ließ nicht lange warten und lud den Frauenarzt ein, um ihn für seine Arbeit zu würdigen. Der Chauffeur des Gouverneurs überbrachte im die Einladung persönlich. Zuhause im Palast war die Gattin des Gouverneurs damit beschäftigt einen großen Empfang zu Ehren der neugeborenen Tochter Makimba zu planen. Sie bekam den Namen Makimba als Andenken an ihre Großmutter, die sie sehr schätzte und mittlerweile gestorben war. Makimba war der Star im Palast. Die Geschenke für sie häuften sich an wie man es sonst nur bei einer Prinzessin erwarten würde. Freunde der Gouverneursfamilie, Mitarbeiter, sie alle besaßen den Ehrgeiz ein tolles Geschenk machen zu wollen. Abakinte, ein Mitarbeiter, wollte jedoch nichts schenken. Er sagte: „Wieso sollte ich etwas schenken, die haben doch sowieso schon alles und haben mehr als genug Geld. Anstatt Reiche noch reicher zu machen, sollte man sich eher um die Not leidenden Kinder in unserem Land kümmern."

In gewisser Hinsicht gaben ihm einige schon Recht, gaben aber zu bedenken, dass der Gouverneur seinerseits nicht geizig war und seine Mitarbeiter zu Geburtstagen und anderen Anlässen immer mit Geschenken bedachte. Dies war auch für die Motivation der Mitarbeiter wichtig. Zu dem Empfang im Palast waren neben dem Direktor des Hospitals und dem Ärzteteam noch Prominente aus Politik, Wirtschaft und Presse eingeladen. Natürlich kamen auch Familienangehörige. Die Familienangehörigen feierten in der zweiten Etage. Jeder Gast hatte ein Geschenk dabei. Oft waren es Ehefrauen, die der Gouverneursgattin die Geschenke überreichten. In seiner Begrüßungsrede betonte der Gouverneur wie wichtig die Geburt seiner ersten Tochter für ihn und seine Familie sei. Er war bekannt für seine rhetorische Gewandtheit und empfing die Gäste humorvoll. Er sagte: „Liebe Gäste, wenn eine Tochter in die Familie kommt, dann bedeutet es Reichtum. Wir haben uns bemüht und nun ist die Frucht dieser Bemühung angekommen, worauf wir alle hier stolz sein können. Mein besonderer Lob und Dank gelten zunächst meiner Frau. Sie hat diese Frucht neun Monate in sich getragen. Natürlich sind wir Männer in dieser Zeit auch gefragt. Wir strahlen vor Hoffnung und Glück. Dieses Glück wollen wir an diesem heutigen Abend zusammen mit Ihnen allen teilen und feiern. In diesem Sinne wollen wir alle unser Glas erheben und auf die neugeborene Makimba anstoßen."

Dann folgte ein riesiger Applaus und alle gratulierten und tranken auf ihr Wohl.

Alle waren guter Dinge und plauderten miteinander. Nun ergriff der Präsident der Wirtschaftskommission und guter Freund des Gouverneurs das Wort: „So schön wie Makimba jetzt schon ist, denke ich, dass mein Sohn sie wohl später lieben und heiraten wird. Das kriegen wir schon hin." Der Gouverneur hatte das gehört, lächelte und gab jedoch keinen Kommentar dazu ab. Er kannte seinen Freund schon jahrelang und wusste, dass er stets das tat, was er sagte. Es war eigentlich noch verfrüht, sich darüber Gedanken zu machen, aber warum sollte eine solche Verbindung nicht möglich sein. Inzwischen war das Büffet eröffnet. Aus der Vielzahl der Gerichte stach ein Eintopf mit Antilopenfleisch und Yamwurzeln hervor, der bei den Gästen besonders gut ankam. Gerichte mit Hähnchenfleisch hatte man schon zu oft gehabt. Plötzlich war der Eintopf leer und diejenigen, die zu spät kamen, hatten das Nachsehen. Sie bedauerten es sehr, mussten sich aber mit anderen Speisen zufrieden geben.

Peboso, der Fotograf, lief mit seiner Ausrüstung hin und her, um ein paar gute Schnappschüsse zu bekommen. Er hatte kaum eine Verschnaufpause und alle Hände voll zu tun. Er begleitete den Gouverneur oft auf seinen Reisen. Der Gouverneur bedankte sich bei ihm, indem er ihm Bilder von Veranstaltungen übergab. Er bekam dafür auch gutes Geld. Nach dem Essen wurde die entspannte Atmosphäre mit Tanz fortgesetzt. Zunächst konnte die Darbietung einer Tanzgruppe mit traditionellen Tänzen bewundert werden. Dann folgte ein Komiker, der die ausgelassenen Gäste noch weiter zum Lachen brachte. Er konnte den Gouverneur gut imitieren und dazu coole Sprüche bringen. Zur Eröffnung der Tanzfläche drängten sich dort viele Leute. Nachdem der Gouverneur den Tanz mit seiner Gattin eröffnet hatte, ging er in die zweite Etage, wo die Familienangehörigen feierten. Er schenkte Champagner aus einer großen Flasche aus. Onkel Niebono sagte voller Stolz: „Mein Neffe, du als Gouverneur bist der ganze Stolz der Familie. Mit dieser Flasche, die wir jetzt trinken, segnen wir unser neustes Familienmitglied. Deine Gattin kann stolz sein so in unserer

Familie geschätzt zu werden, nun, da sie einer Tochter das Leben geschenkt hat. Es ist die reinste Freude. Eine Tochter zu haben bedeutet Reichtum."

Schon zum zweiten Mal fiel das Wort „Reichtum". Da sei etwas Wahres dran, sagte ein Freund, der in Frankreich lebte und gerade zu Besuch in Afrika war. Worin aber die Afrikaner diesen Reichtum mit einer Tochter sahen, wurde ihm tatsächlich klar, als man ihm erklärte, dass dies in Zusammenhang mit der späteren Heirat zu sehen sei. Der Franzose behauptete jedoch, dass man in Europa üblicherweise keinen Unterschied zwischen Sohn und Tochter machte.

Nach einer kurzen Tanzunterbrechung ging es mit der Vorführung eines Rituals weiter, in dem die Ahnen den Weg der Tochter segnen sollten. Diese Prozedur dauerte etwa eine Stunde. Es war alles gut vorbereitet und detailliert durchgeplant. Darauf legte der Gouverneur großen Wert.

Auf Zeit in der Metropole

Der diplomierte Kunstpädagoge Matanke aus Konmekonda hatte nach 15 Jahren Studium in Belgien seinen Abschluss mit Bestnote absolviert und er entschloss sich danach nach Frankfurt zu kommen, da er dort Arbeit fand. Seine Eindrücke von Frankfurt waren stark. Fasziniert war er von den Wolkenkratzern, die es dort gab. Er erhoffte sich auch bessere Perspektiven im Vergleich zu Namure, seiner Heimatstadt in Kamerun, wo er sich mit Gelegenheitsjobs als Kellner durchs Leben schlug.

Dennoch war er in Kamerun durch seine Gemälde, die er in seiner Freizeit zeichnete und in verschiedenen Galerien ausstellte, bekannt geworden. Die Leidenschaft zur Malerei wollte er nun einsetzen, um damit Geld verdienen zu können. Für einen internationalen Kunstwettbewerb in Frankfurt schickte er seine besten Bilder und bekam eine Einladung und ein Bahnticket, um an der Verleihungszeremonie teilzunehmen. Er konnte in einem exquisiten Hotel in der Bankenmetropole residieren. Als er im Frankfurter Hauptbahnhof eintraf, war es noch knapp eine Stunde bis zur Verleihungszeremonie. So nahm er sich ein Taxi. Der Fahrer war ein Russe, der gerade seinen Taxischein bekommen hatte. So sehr er sich auch bemühte, er konnte das gewünschte Fahrtziel nicht finden. Er verfuhr sich und irrte herum. Sie hielten eine Weile in einer Straße, um nach dem Weg zu fragen. Sie sahen nette Damen, die ihnen Zeichen gaben, lächelten und sie aufforderten stattdessen lieber auszusteigen.

Der russische Taxifahrer stand eine Weile vor dem Auto, bat den Fahrgast um Geduld und unterhielt sich mit einer der Damen. Dann verschwand er für ein paar Minuten in eine kleine Kneipe, kam mit fröhlichem Gesichtsausdruck zurück und erzählte nun, dass er den Weg zum Hotel finden könnte. Mittlerweile war Matanke sehr zornig und schrie den Fahrer an, dass er den ungewollten Aufenthalt im Rotlichtviertel nicht bezahlen werde. Der Taxifahrer war anderer Meinung. Matanke sei im Auto sitzen geblieben, er hätte ja aussteigen können, niemand hätte ihn daran gehindert. „Wie denn", fragte ihn Matanke.

Der Taxifahrer schaute nur in den Rückspiegel und lachte, wahrend Matanke ihm weitere Beschuldigungen an den Kopf warf.

Er sagte: „Sie werden mir Schadenersatz leisten, wenn ich nicht rechtzeitig zu meinem Termin erscheinen kann. Sie werden ihre Fahrerlaubnis mit rechtlichen Konsequenzen verlieren."

Matanke hatte den Russen mit soviel juristischen Fachausdrücken bombardiert, dass er schließlich fragte: „Sie kennen sich wohl aus mit den Gesetzen? Die Deutschen blicken ja selbst nicht mehr durch bei den vielen Gesetzen. Dass Sie als Ausländer da den Überblick haben, ist sehr respektabel. Sind Sie Anwalt?"

Matanke antwortete, dass er kein Anwalt sei, er solle sich lieber darum kümmern, dass sie nicht noch mehr Zeit verlieren.

Schließlich kamen sie am Hotel an und Matanke gab dem Fahrer die bereits zuvor angekündigten achtzehn Euro. Daraufhin wurde der Taxifahrer wütend und bestand darauf, das Dreifache zu bekommen mit dem Argument, es seien mehr Kilometer angefallen. Matanke jedoch erwiderte, dass es nicht seine Schuld sei, wenn der Fahrer den Weg nicht finden könne und seine Zeit im Rotlichtmilieu verschwende, um sich zu vergnügen. Es sei eine Unverschämtheit, das dann auch noch in Rechnung stellen zu wollen und entbehre jeglicher Rechtgrundlage. Er solle doch ruhig die Polizei rufen. Als Matanke dann die Tür des Taxis öffnete, sein Handy in die Hand nahm und scheinbar die Nummer der Polizei wählte, drückte der Taxifahrer schnell aufs Gas und verschwand in der Hoffnung Matanke hätte sich nicht das Autokennzeichen gemerkt. Er war sich nicht sicher, ob das Ganze noch ein Nachspiel haben würde. Matanke hingegen hatte gerade eine schlechte Erfahrung hinter sich, aber er behielt die Nerven.

Er betrat das elegante Hotel und zeigte an der Rezeption seinen Pass. Dann geleitete ihn eine hübsche junge Hotelangestellte zum Fahrstuhl, in dem er in die zwanzigste Etage fahren sollte. Dort hatten sich schon viele Gäste eingefunden, es schien als ob die Veranstaltung schon begonnen hätte. Matanke war erstaunt, dass vor dem Hotel nicht so viele Autos geparkt waren. Er dachte sich, entweder gab es im Hotel ein unterirdisches Parkhaus oder einige Gäste hatten genau auch mit ähnlichen Schikanen zu kämpfen gehabt wie er mit dem Taxi.

Unter den Anwesenden war Matanke der einzige Farbige und zog anscheinend allein schon dadurch die Aufmerksamkeit auf sich. Ein Fotograf wollte unbedingt ein Bild von ihm machen und fand sein prächtiges afrikanisches Gewand sehr schön. Alle anderen Gäste waren im Anzug oder Abendkleid. Das schien üblich bei solchen Anlässen. Ein afrikanisches Gewand fiel zwar sehr auf, konnte aber kein Anlass dafür sein unpassend gekleidet zu sein.

Zunächst sprach ein Kultursenator ein Grußwort. Danach wurde jeder Künstler auf die Bühne gerufen, um sein Gemälde etwas zu erläutern. Das war eine tolle Atmosphäre. Vor allem die Beleuchtung passte zu jedem Bild, als hätte man dem jeweiligen Werk des Künstlers noch weitere Impulse für die Betrachtung seiner Arbeit gegeben.

Matankes Bilder zeigten die Landschaft und die Feldarbeiten in seiner Heimat. Die Anwesenden waren davon sehr angetan. Sein Bild von einer Frau, die ihr Kind auf dem Rücken trug schien am besten anzukommen.

Spontan meldete sich der Moderator des Abends zu Wort und rief dazu auf Wertungen für die einzelnen Bilder abzugeben. Interessierte Käufer konnten auch ihre Gebote abgeben. Die Veranstaltung wandelte sich in eine Auktion. Matanke war überrascht, dass seine Bilder so hoch bewertet wurden, er hätte das nicht für möglich gehalten. Für das Bild mit Frau und Kind wurde am meisten geboten. Im Saal hörte man Rufe: „Matanke, Matanke!"

Ein ungewöhnlicher, scheinbar komplizierter Name, der nicht leicht von der Zunge ging, war nun in aller Munde. Matanke ließ es sich nicht nehmen nach vorn auf die Bühne zu gehen, um allen Teilnehmern und Verantwortlichen zu danken. Seine Rede war nicht verfasst, aber dennoch sehr schön. Am Ende bekam er tosenden Applaus. Schließlich war es für ihn nach der Taximisere doch noch ein erfolgreicher Abend geworden mit Einnahmen von fünftausend Euro.

„So habe ich mir Frankfurt nur in meinen kühnsten Träumen vorgestellt", sagte er innerlich zu sich und entschloss sich hier zu bleiben. Nach Namure kehrte er nicht mehr zurück. Jetzt hatte er genügend Startkapital, um hier eine Weile leben zu können und ein Zimmer anzumieten.

In den kommenden Tagen widmete sich Matanke der Zimmersuche. Er studierte die Anzeigen in den Zeitungen und hatte selbst eine Anzeige geschaltet, in der es hieß: „Afrikanischer Kunstpädagoge, liebevoll, sucht ein möbliertes Zimmer."

Er hatte auch seine E-Mailadresse angegeben. Die Lokalzeitung schickte ihm dafür eine Rechnung und teilte ihm mit, an welchen Tagen die Anzeige erscheinen würde.

Geduldig wartete Matanke auf Leute, die einen Afrikaner beherbergen würden. Als er sich die Zeitung kaufte, in der seine Anzeige stand, suchte er fast eine Viertelstunde in der Rubrik Immobilien, aber er konnte seine Anzeige nicht finden. Er wurde wütend, da er seine Rechnung dafür schon bezahlt hatte. Schließlich hatte sich seine Anzeige in die Rubrik „Herzblatt" verirrt. Die Redaktion hatte vermutlich aus Versehen die Anzeige in der Unterrubrik „Er sucht sie" platziert. Matanke suchte den Fehler erst bei sich selbst und fragte sich, ob sein Text so zweideutig klang, dass ein derartiger grober Fehler entstehen konnte.

Er bedauerte es wirklich, dass er die Freischaltung der Anzeige bereits bezahlt hatte, sonst hätte er die Zahlung verweigert und den Fall juristisch klären lassen. Diese Zeitung war bekannt dafür, dass sie bei Säumnissen schon Mahnungen verschickte und mit Rechtsklagen drohte. Jetzt wollte die Zeitung, obwohl sie sich im Irrtum befand, kein Schuldbekenntnis hinnehmen. Sobald ein Text in der Zeitung stand, war der Auftrag für sie ausgeführt und erledigt. Jedes Schreiben, das Matanke an die Redaktion schickte, um zu dem Vorfall Stellung zu nehmen, blieb unbeantwortet. In Belgien wäre eine solche Schikane nicht passiert, sagte sich Matanke immer wieder. Er hatte sich während seines Studiums auch mit belgischem Recht befassen müssen und war daher recht vertraut damit. Später wollte er sich nochmals als Gasthörer an einer juristischen Fakultät damit befassen, da ein Direktstudium für ihn im Moment nicht in Frage käme. Er wollte jetzt lieber erst einmal Geld verdienen und eine Familie gründen. Er machte sich schon große Sorgen mit 35 Jahren, da er immer noch nicht verheiratet und kinderlos war. Für ihn war Familie haben und Familienplanung abgeschlossen haben gleichsam Stabilität. Seine Eltern in Kamerun hörten nicht auf ihn immer wieder damit zu sticheln und daran zu erinnern. Auch seine Mutter, Majartilu, hatte in einem Brief das Thema angeschnitten. Sie schrieb: „Mein geliebter Sohn, sicherlich tust du viel für den Zusammenhalt unserer Familie. Wir können sehen, dass du dich gut um deinen Beruf und deine Familie in Kamerun kümmerst. Wann lerne ich endlich deine andere Hälfte kennen? Wann werde ich mein Enkelkind auf dem Schoß sitzen haben und es unsere Sprache lehren? Denke stets daran, aber überstürze dennoch nichts bei der Suche nach einer geeigneten Frau. Ich als deine Mutter wünsche mir von ganzem Herzen, dass du eine gute Frau triffst, die dein Herz entflammen und besänftigen kann, und mit der du voller Vertrauen ein Leben lang glücklich sein kannst."

Einen solchen Brief hatte Matanke bisher noch nicht von ihr erhalten. Die Sprache war deutlich und die darin enthaltene Botschaft klar. Sonst war sie eher diplomatisch im Umgang mit ihm. Matanke las den Brief immer wieder und wollte diesmal nicht auf Anhieb eine Antwort schreiben. Wozu auch. Welche Antwort hätte er denn schon geben können. Er war schließlich momentan weder verliebt geschweige denn verlobt. Über Liebe wollte er auch nichts schreiben. Er hatte einfach nichts Konkretes zu berichten, um der Mutter eine Freude zu machen. Er schaute sich täglich seine eingegangenen E-Mails an. Es waren einige von Frauen, die mit ihm zusammen wohnen wollten. Manche äußerten ihre Zuneigung zu Afrika. Wollten sie sich einschmeicheln?, fragte er sich.

Offenbar hatte das Wort liebevoll in seiner Anzeige die stärkste Resonanz bei den antwortenden Personen. Vielleicht wollten sie die Suche nach einem Herzen mit einer Wohnung ergänzen. Matanke fühlte sich langsam irgendwie begehrt, nachdem er so viele Mails erhalten hatte. Es schien als sei seine Anzeige die einzige in der Zeitung, da auch 4 Wochen nach Erscheinung in der Zeitung noch Antworten kamen. Jedoch kam keine einzige Antwort von einem Immobilienmakler, um ein geeignetes Objekt vorzuschlagen. Matanke traute sich dennoch nicht auf die vielen netten Angebote, die er von Damen bekommen hatte, zu antworten. Er dachte sich, dass es nur Sexbesessene sein konnten, die einen exotischen Afrikaner intim erleben wollten. Dennoch löschte er die Mails nicht und las sie ab und zu wieder durch. Er konnte manche E-Mail-Adressen sowie die Namen wiedererkennen.

Einem Freund hatte er davon berichtet, aber er lachte ihn nur aus und meinte er hätte bestimmt nur eine Liebesanzeige geschaltet, weil er so viele Antworten bekommen hatte.

Erst als er ihm die Annonce zeigte, war er davon überzeugt, dass Matanke im Grunde nur ein Zimmer suchte. Sein Freund riet ihm, dass er an seiner Stelle aus den vielen Mails seine Traumfrau herausfiltern würde. Matanke jedoch hielt nicht viel von Kontaktaufnahme übers Internet. Er zweifelte an der Seriosität der Botschaften und erinnerte sich zum Beispiel daran, dass einige in ihren Mails ihm ewige Treue schworen, obwohl sie ihn nicht einmal kannten und gesehen hatten. Schließlich kam er doch noch an ein Zimmer durch einen Bekannten, dessen Zimmer frei wurde. Es war zunächst nur auf 6 Monate befristet, da der Bekannte für diese Zeit nach Australien ging. Die Situation auf dem Arbeitsmarkt war gerade nicht so rosig in Deutschland und Matanke hatte trotz seines guten Diplomzeugnisses noch keine Arbeit gefunden. Überall, wo er sich hauptamtlich als Galerist bewarb, erhielt er eine Absage. Einige Museen behielten seine Bewerbungsunterlagen und er wollte sie zurück haben, denn die Bewerbungskosten stiegen immer weiter, wenn er nichts zurückbekam. Auch die Interessenten von der Verleihungszeremonie im Hotel konnten ihm da nicht weiter helfen. Es waren eher Kunstsammler, die zu diesem Event gekommen waren. Daher war es auch verständlich, dass sie ihm nur einzelne Bilder abkauften. Insgesamt schienen seine Erfahrungen nun schwieriger zu sein als er sich zu Beginn dachte. Dennoch sagte er sich, dass aller Anfang schwer sei bis man die ersten Hürden genommen habe.

Eines Tages sah er auf der Straße ein Plakat, auf dem geschrieben stand: „Große Firma sucht Mitarbeiter für Promotion auf Vergütungsbasis." Es wurden keine besonderen Voraussetzungen gefordert. So ging er am nächsten Tag in die Firma, um sich vorzustellen. Er hatte keine Ahnung, um was für eine Tätigkeit es sich handeln würde. Voller Neugier nahm er das Formular entgegen, das er ausfüllen sollte. Die Empfangsdame verlangte auch seinen Pass und machte eine Kopie davon. Obwohl auf dem Plakat stand, dass das Stellenangebot aktuell zu besetzen sei, sagte ihm die Empfangsdame, dass man sich bei ihm melden würde, sobald eine Stelle frei werde.

Matanke fragte: „Warum schreiben Sie auf das Plakat, dass Stellen zu besetzen sind, wenn Sie gar keine haben? Das ist doch gegen jegliche Vernunft!"

Die Dame erwiderte: „Bitte, wir können tun, was wir wollen und stellen jeden ein, der zu uns passt. Im Moment haben wir tatsächlich nichts frei, was zu Ihrem Profil passen könnte. Sie sind für die Stellen, die wir haben, einfach überqualifiziert. Übrigens haben Sie nicht angegeben, wie viel Sie verdienen wollen."

Matanke antwortete, dass dies von der Position abhängig sei, und falls sie es dringend benötige, könne er bis zum nächsten Tag Bescheid geben. Daraufhin zeigte ihm die Dame den bei ihnen üblichen Stundensatz und fragte, ob er seine restlichen Unterlagen noch vorbeibringen könne. Sie überzeuge Matanke, dass er bei ihnen seine Arbeitszeit flexibel gestalten könne, und dass man ihm je nach Bedarf vor neue Herausforderungen stellen werde.

Er werde eine Menge verschiedener Arbeitsinhalte kennen lernen und auch verschiedene Firmen. Die Leute, die sich für sie entschieden hätten, seien immer zufrieden, denn der Arbeitsort werde von Zeit zu Zeit gewechselt und man hätte neue Aufgaben zu erledigen. So sei man ständig am Lernen und langweilige Routine käme gar nicht erst auf. Es sei sogar jemand in der Firma, der ganz klein angefangen hätte und nunmehr zum Topmanager aufgestiegen sei. Solche Beispiele gäben ihnen vom Zeitpersonal Hoffnung und Zuversicht, dass ihre Leute gut seien.

So entwickelte sich aus einem anfangs unbeeindruckenden

Empfang doch noch ein interessantes Gespräch. Als Matanke das Büro verlassen hatte, las er noch andere Reklame wie: „100 Stellen für Datentypisten ab sofort zu besetzen."

Auch bei den gewerblichen Berufen suchte man Elektriker und Schlosser. Diese beiden Berufe schienen Hochkonjunktur zu haben. Schade für Matanke, dass er für solche Jobs nicht ausgebildet worden war. Er könnte es höchstens einmal als Maler probieren. In der gegenüberliegenden Straße gab es noch Zeitarbeitsfirmen, die eher kaufmännische Berufe suchte. So meldete er sich bei einer dieser Firmen an. Man fragte ihn, ob er Berufserfahrung nachweisen könne.

„Als Kunstpädagoge können Sie bei uns nichts bekommen", sagte man ihm knallhart ins Gesicht. Diese Aussage traf Matanke wie eine kalte Dusche. Er hatte schließlich über 5 Jahre an der Hochschule für darstellende Kunst in Kamerun verbracht. Der Zeitarbeitsmanager gab ihm folgenden Tipp: „Herr Matanke, Sie sind bestimmt kreativ, da habe ich wenig Zweifel. Lesen Sie mal die Stellenanzeigen. Heutzutage müssen die Bewerber analytisch denken, flexibel und pünktlich sein und gute Umgangsformen haben. Schon beim Vorstellungsgespräch kann der Personalreferent in den ersten Minuten erkennen, ob Sie den Job wirklich wollen oder nur aus Frust heraus. Sie sollten einen Job aus der Erfahrung annehmen, den Sie interessant finden, und der Sie richtig auslasten kann. Wir können etwas für Sie finden, was jedoch nicht mit Ihnen vereinbar ist, aber gut bezahlt ist. Wären Sie bereit so etwas anzunehmen?"

Matanke lächelte auf diese subtile Frage und nickte mit dem Kopf.

Der Zeitarbeitsmanager fügte hinzu: „Aber seien wir realistisch! Geld allein macht nicht glücklich. Schauen Sie in zwei Tagen wieder vorbei. Vielleicht haben wir bis dahin etwas, das Ihre Kreativität vorantreiben lässt. Vielen Dank für Ihren Besuch und weiterhin Kopf hoch." Es war jemand, der sich richtig gut in Personalfragen auskannte und stundenlang über Mitarbeitermotivation referieren konnte.

Er begleitete Matanke noch bis zum Fahrstuhl und ging zum nächsten Bewerber, der schon seit ein paar Minuten wartete.

Schließlich konnte Matanke eine Stelle bekommen. Er hatte einen Schreibtisch, Ordner und Rechner. Es fehlte nur noch die Zugriffsberechtigung auf verschiedene Laufwerke. Sie wurden beim IT-Service beantragt. Dort prüfte man genau, welche Laufwerke dringend für seine Arbeit benötigt wurden, denn jeder Auftrag bezüglich der Zugriffsrechte bedeutete auch eine Kostenstellenbelastung. Die leitenden Angestellten waren im

Zuge einer Kosteneinsparung angewiesen kosteneffizient zu entscheiden und zu arbeiten. Das wurde überall in dem Unternehmen versucht umzusetzen. Die Personalkosten konnten durch den Einsatz von Leiharbeitern in der Produktion erheblich gesenkt werden. Somit konnten die Gewinne gesteigert werden, da die Personalkosten erfahrungsgemäß den Großteil der Gesamtkosten ausmachte. Matanke lernte bei jedem Auftrag ein neues Umfeld kennen und konnte Erfahrung sammeln. Bei seinem ersten Einsatz in einem Unternehmen war er im Auftragswesen tätig. Dabei hatte er häufig mit Kundenreklamationen aus Russland zu tun. So konnte er seine Russischkenntnisse anwenden. Manche Kunden äußerten Wünsche, die nichts mit dem Unternehmen zu tun hatten. Einige fragten ihn, wie sie eine Aufenthaltsgenehmigung für Deutschland bekommen könnten oder ob er sie einladen könne nach Deutschland zu kommen. Obwohl Matanke aus Afrika kam, konnte er durch seine Fähigkeit russisch zu sprechen viel Sympathie ernten. Manchmal fragte er sich, ob die Russen nicht merkten, dass er eigentlich kein Russe war. Seine Aussprach war so gut, dass es anscheinend niemand zu bemerken schien. Er war witzig, freundlich und humorvoll während seiner Telefonate.

Seine Arbeitskollegen bewunderten ihn, wie schnell er Vertrauen zu den Kunden bekam. Er vermittelte ihnen das Gefühl ernst genommen zu werden und wichtig zu sein. Dennoch bekam er im Gegensatz zu seinen Kollegen, die nicht wie er über eine Zeitarbeitsfirma beschäftigt waren, keine weitere Vergütung, obwohl er mindestens genauso gut arbeitete, wenn nicht noch besser. Er hatte den Vertrag mit der Zeitarbeitsfirma und konnte so keine Ansprüche an die Firma stellen, in der er eingesetzt wurde. Einige seiner Kollegen waren häufig indiskret und wollten wissen, wie viel er verdiente. Es sei bestimmt nicht viel, meinten sie und schlugen ihm vor, er solle versuchen, direkt eingestellt zu werden. Er war schlicht und ergreifend unterbezahlt für die Leistung, die er brachte. Matanke war sich dessen zwar bewusst, dankte aber Gott dafür, überhaupt eine Beschäftigung zu haben. Über zwei Jahre war er arbeitslos und fand diesen Zustand auf Dauer unerträglich. Jeden Tag vor dem Fernseher zu sitzen und Talkshows anzusehen, war für ihn eine bittere Erfahrung. Wer noch nicht in dieser Situation war, würde es nicht verstehen, warum es angenehm ist zu arbeiten, wenn es Spaß macht, dann ist es zweitrangig, wie viel man dabei verdient. Er sagte sich immer wieder, dass, wenn er morgens aufstehe, er immer wisse, wohin er gehöre und wohin er gehen solle. Diese Orientierung hatte er lange Zeit nicht mehr gekannt. Die Freizeit, die er hatte, und die ihn zum Nichtstun verdammte, hatte ihn sehr frustriert. Dass er als Fremdarbeiter in der Firma tätig war, störte ihn nicht, er betrachtete es als Einstieg ins Berufsleben und keineswegs als Abwertung seiner Qualifikation. Was er verdiente, behielt er auf jeden Fall für sich. Als die Kollegen diese Äußerungen von Matanke hörten, waren sie davon berührt. Ein paar entschuldigten sich bei ihm, dass sie ihn keinesfalls verletzen oder beleidigen wollten. Es war ihm überlassen, über sein Gehalt zu sprechen. Natürlich sei es Tabuthema unter Kollegen über den Verdienst des anderen zu sprechen, das würden die anderen direkt beschäftigten Kollegen auch nicht bereden, fügten sie hinzu. Das solle auch für ihn gelten, meinte Matanke. Er galt als Multitalent, da er auch ein Komiker sein konnte. An den Wochenenden bekam er zumeist Auftritte in Theaterhäusern. Sein Künstlername war Rizuafuma. Er kam immer gut beim Publikum an, wenn er seine Komikszenen darstellte und so auf manchen Missstand aufmerksam machte. Der schwarze Komiker wurde zum Gespräch. Auch Mitarbeiter der Firma, in der er arbeitete, waren manchmal bei seinen Auftritten dabei.

Allein schon sein lustiges Outfit regte zum Lachen an. Was sie vorher nicht ahnen konnten, war, dass ihr Kollege mit Glamour auf der Bühne zu stehen vermochte. Dort schlüpfte er in eine andere Identität. Er war ganz einfach eine andere Person. Allerdings war seine Kreativität/Humor nicht unumstritten. Er wollte seine künstlerische Begabung nicht zu seinem Arbeitsplatz transportieren. Es wäre womöglich fatal für ihn, so etwas zu tun. Er blieb anonym, wenn man über ihn als Komiker während der Arbeit sprach. Obwohl man über ihn redete, schwieg er lieber und lachte mit, als sei er nicht betroffen. Dadurch lernte er noch besser mit der Kritik umzugehen. Solange man wusste, dass er der Künstler war, verliefen die Gespräche anders. Die Leute gingen höflich mit ihm um und imitierten ihn nicht. Diese Mimik, die er auf der Bühne vorführte, konnte nicht jeder nachmachen, wie zum Beispiel die Augäpfel stark verdrehen. Einmal trank er vier Flaschen Wasser vor dem Auftritt, um es dann wieder bei jedem Schritt nach und nach auszuspucken. Mit der Gage, die dabei bekam, konnte er ganz gut seinen Lebensunterhalt bestreiten. Er zählt eigentlich schon irgendwie zu den kleinen Stars der Branche. Ein Fernsehauftritt sollte schon in absehbarer Zeit möglich sein, meinten seine Fans. In seiner Bescheidenheit war es kaum möglich ihn für ein Autogramm zu bewegen oder ihm auf der Straße zuzuwinken. Er erinnerte sich oft an die Weisheiten seines Großvaters, der zu pflegen sagte: „Keiner braucht demütig bleiben, wenn er eine Taube gefangen hat. Wie ein Auto, das schnell auf der staubigen Straße vorbeifährt, so ist seine Staubfahne. Sie ist wie das Auto. So erkennt man, wer der Besitzer ist. Der Großvater sagte ihm mal „ In der Stille zu handeln lässt sich der Geschlagene nicht leicht einreden".

Noch zu jung, um Macht zu haben

Es schien, als bahne sich ein Machtkonflikt an. Der Respekt und Stolz der Alten in Afrika schien immer mehr als ein Relikt der Vergangenheit von den Jüngeren empfunden zu werden. Die jüngere Generation hatte langsam die Nase voll und fühlte sich zusehends verdrängt von diesen alten Hasen, die über vier Jahrzehnte in der Kommandozentrale des Staates von Stuhl zu Stuhl rückten und nicht im Geringsten ans Aufhören dachten. Sie übten immer noch hohe Funktionen aus während ihr Körper schon Zeichen der Schwäche zeigte. Wäre es nicht vernünftig Platz für den Nachwuchs zu machen? Davon wollten sie nichts wissen.

Wie lange sollte dieser Zustand noch andauern, fragten sich die Jungen in einer Art Lauerstellung auf hohe Staatsämter. Sie gaben sich selbst die Antwort: Wahrscheinlich bis zum Tode dieser starrköpfigen Alten. Solange diese Greise am Rad des Landes drehen konnten, würde der Nachwuchs keine Chance haben sein Potential an neuen Gedanken und Reformen umzusetzen. Milak war ein 40 Jahre junger Mann mit vielen Ideen und Elan, um die Dinge vielleicht zum Besseren zu wenden. Im Staatsministerium war er Sachbearbeiter. Die meisten Konzepte und Strategien wurden auf seinem Schreibtisch geboren, und der amtierende Minister unterzeichnete sie nur noch, da er sich meist nicht die Mühe machte es durchzulesen. Er ließ sich die Dokumente manchmal von Ayola, seiner Sekretärin, vorlesen. Monatelang saß cr in seinem luxuriösen Anwesen. Ayola war die einzige Person, die noch Kontakt zur Außenwelt hatte und ihn so gut es ging über das Tagesgeschehen informierte.

Dieser alte Minister namens Osidum musste mittlerweile schon mindestens neunundsiebzig Jahre alt sein. Zu der Zeit, als er geboren wurde, legte man das Geburtsjahr nicht so genau fest. Es wurde von den Standesbeamten nur ungefähr genommen, da sie das Jahr annahmen, in dem sie über der Geburt informiert wurden. Das konnten auch mal Jahre nach der eigentlichen Geburt sein. So wie er jetzt aussah, hätte man ihn schon rund zehn Jahre älter schätzen können. Dennoch arbeitete er weiter und hoffte, sich noch mehr Funktion zumuten zu können. Er saß im Aufsichtsrat von einigen Großunternehmen und war Ehrenvorsitzender von unzähligen Vereinen. Er war auch Vorsitzender seiner Partei und wollte bei den nächsten Parlamentswahlen wieder kandidieren. Solche Wahlkämpfe zu führen nahm er gerne zum Anlass, um mit Menschen zu sprechen, über ihre Probleme und Anliegen. Wenn er die Gegend seines

Heimatdorfes besuchte, freute er sich darüber seine politischen Reden in seiner Heimatsprache erklären zu können ohne auf die Kunst der Metaphern und Redewendungen verzichten zu müssen. So begann er mit Fabeln und wechselte in programmatisches, politisches Vokabular, das vielleicht nur noch Beamte verstehen konnten. Jedenfalls klatschten die Menschen Beifall, nicht, weil sie ihn etwa zuhörten, sondern eher wegen seiner Art wie er auftrat und seiner Gestik. Während seiner Reden saß er und trank in den kurzen Redepausen gerne einen Schluck seines Lieblingsweines, den er stets von zu Hause mitbrachte. Die Zuhörer bekamen auch etwas zu trinken, etwas, das sie selten oder noch nie zuvor getrunken hatten. Osidum amüsierte sich köstlich, wenn er nach der Herkunft dieses oder jenes Getränks gefragt wurde. Er antwortete dann: „Meine lieben versammelten Brüder, ich bin unter euch, um meine Tradition zu pflegen, aber nicht zuletzt auch, dass ihr mir eure Stimme gebt. Von euch allen erwartet meine Partei viel. Auch der Präsident verfolgt solche Wahlen und beurteilt durch die Popularität unserer Partei die Stärke seiner Parteigenossen, ihre Stimmen zu bekommen und somit von den Bürgern demokratisch gewählt zu werden.

Wenn ich um die Unterstützung der Dorfstämmigen bitte, dann ist es im Falle der erfolgreichen Wahl auch eine Anerkennung des Dorfes von oben. Von nichts kommt nichts, meine lieben Brüder. Also bitte ich euch, schaut in diesen Tagen auch bei euren Nachbarn vorbei und erklärt denen, die sich nach anderen Parteien umsehen, auf das einzig richtige Pferd zu setzen. Natürlich ist jeder frei in seiner Entscheidung, wem er seine Stimme letztendlich gibt. Meine lieben Brüder, seien wir eine geschlossene Einheit. Ich denke, dass sich jeder selbst fragen sollte, was die anderen Parteien ihm durch ihre Programme an Veränderungen bringen würden und können. Heute stehe ich vor euch als ein Sohn dieses Dorfes und möchte eure Nöte und Ängste um Parlament vorbringen. Dessen könnt ihr gewiss sein."

Als er seine Rede beendet hatte, stellten einige der Dorfältesten Fragen. Bitobiligo war ein Arzt im Ruhestand. Bestimmt aber war er weitaus jünger als Osidum. Er erinnerte sich daran, dass er in dem Alter als er in die Dorfschule kam, Osidum schon in dem Alter war, in dem man sich zu Frauen hingezogen fühlt. Bitobiligo war nun schon zehn Jahre in Rente. Dass Osidum noch so schwer beschäftigt war, irritierte ihn schon ein wenig. Er hob seine Hand und sprach zu Osidum; „Mein großer Bruder Osidum, es mag sein, Herr Minister, dass du noch stärker von Amt zu Amt getrieben wirst, während sich viele von uns schon längst im Ruhestand befinden. Nun scheinen wir vor deinen Augen noch älter zu sein, da du uns auch schon großer Bruder genannt hast. Schämst du dich denn nicht, dass du als Erwachsener die meisten von uns schon gesehen hast, als wir noch als Kinder zur Schule gingen? Es mag richtig sein, dass Geld und Wohlstand einen jung halten. Diejenigen, die die Gesetze verabschieden, haben die Altersgrenze auf fünfundvierzig Jahre herabgesetzt, um dem jungen Nachwuchs die Chance zu geben, nach ihrer Ausbildung dem Land zu dienen. Sie haben uns mit Fünfundvierzig in Rente geschickt. Da wir in diesem Alter für sie schon zu müde sind. Warum hast du nicht den Mut auch das Ruder an die Jugend abzugeben? Ich genieße als Rentner die Zeit mit meiner Familie. Ich kann meine Freizeit besser gestalten und verstärkt meinen Hobbys nachgehen. Solange die Gesetze hier im Land nur für die einen gelten, werden wir weiter in Ungleichheit verharren. Über Jahrzehnte verspricht man uns das Gelbe vom Ei und lässt sich weiterwählen, weil man unsere Stimme bekommen hat. Du lässt dich besser nicht mehr hier im Dorf blicken. Die großen Versprechungen kommen immer vor den Wahlen, danach wird nichts davon gehalten. So sehr leidet das Volk unter der Ohnmacht der Mächtigen. Ich wollte dich nicht beleidigen großer Bruder, sondern an deine Vernunft appellieren, dass wir es satt haben. Immerzu die gleichen Personen zu wählen scheint wie eine Kette am Bein zu sein, die bis zum Lebensende fesselt. Warum lassen wir die Jugend nicht eher ihre Kraft und Ideen entfalten? Die Welt verändert sich, nichts ist beständiger als der Wandel. Überall hört man von neuen Technologien, neuen Visionen. Kein Mensch ist doch in der Lage die alte, die neue und die zukünftige Schule gleichzeitig zu besuchen. Ich werde dir keinesfalls meine Stimme für die Wahl geben. Diesmal bekommt der jüngste Kandidat meine Stimme, falls es überhaupt jemanden gibt. Ich werde mich nicht einschüchtern lassen."

Die Reaktion des Arztes wirkte tatsächlich wie eine Explosion. Aber Intellektuelle wie der Minister Osidum konnten sich durch solche Provokationen nicht zu gewalttätigen Handlungen hinreißen lassen. Einige der Zuhörer murmelten hinter vorgehaltener Hand, dass es schon ein Hammer sei, wie der Arzt den Minister so attackieren konnte. War es ein Anzeichen dafür, dass es im Land womöglich künftig anders werden könnte? Es blieb abzuwarten, denn jede Kritik war eigentlich ein Vergehen, das strafbar war.

Viele verwechselten ein ausgeübtes und dachten, einen Ministerposten zu verlieren, wäre in doppeltem Sinn ungünstig für den Amtsinhaber. Natürlich blieben in einem solchen Falle nicht alle Vorteile bestehen. Zum alten Beruf zurückzukehren, wäre nicht die erste Wahl. Vielleicht deswegen, damit man den Respekt weiter genießen könnte oder weil man befürchten müsste Opfer der eigenen Gesetze zu werden. Jedenfalls schlugen die Worte des Arztes ein wie eine Bombe. Er hatte ausgesprochen, was viele nur dachten, sich aber nie trauen würden zu sagen. Offen wollte man ihm keine Zustimmung zeigen, daher gab es keinen Beifall. Der greise Minister ergriff wieder das Wort, wirkte etwas unruhig, versuchte sich aber zu beherrschen. Er sagte: „Wenn es hier in diesem Wahlkreis Leute gibt, die an unserem System zweifeln, dann bitte ich diese Zweifel an mich zu richten. Wir wollen hier mit Demokratie in Frieden leben. Seien wir froh, dass unser Staatsoberhaupt ein Demokrat ist und Dank ihm die Demokratie ins Land kam."

Viele lachten innerlich. Man war vorsichtig und wollte lieber schweigen. Plötzlich kamen mehr Leute hinzu und einige waren skeptisch, ob es sich vielleicht um den Geheimdienst handelte. „Was konnte sich dieser Machtbesessene nicht alles erlauben, wenn er sich angegriffen fühlte", murmelte der Arzt zu seinem Freund, der neben ihm saß.

Es sei Schluss, meinte er und konnte einfach nicht verstehen, warum die Jugend ihre Kräfte nicht bündeln konnte. Damals als sie ihre Ausbildung erfolgreich beendet hatten, konnten viele direkt die Beamtenlaufbahn einschlagen. Sie hätten damals bessere Chancen gehabt als heute. Es sei alles so kompliziert und langwierig geworden, eine Arbeit zu bekommen, trotz guter Ausbildung. Auch eine Familie zu gründen sei immer schwerer geworden. Die Jugend von heute sollte die Chance haben mit ihren Methoden und Ansichten zu entscheiden, was für das Volk den besten Nutzen bringen könnte. Einer meinte, dass man dafür weise sein müsse. Leider wollten die Alten, die an der Macht waren, nicht ruhen und sorgten dafür, dass die Posten unter ihrer Aufsicht weiter verteilt wurden. Das sei doch absurd, fügte er hinzu. Ferner hätten einige von ihnen ständig mit Gesundheitsproblemen zu kämpfen, könnten sich daher über Wochen und manchmal Monate nicht um ihre Arbeit kümmern. Ihre Mitarbeiter erführen nicht wie sie die verlorene Zeit wieder aufholen könnten. Das sei ein Geheimnis, wie man immer wieder aus engsten Kreisen verlauten lasse. Für viele sei die Zeit reif, sich und dem geschundenen Körper eine Auszeit für den Rest ihres Lebens zu nehmen.

Der Arzt im Ruhestand erinnerte sich auch an einen älteren

Patienten, der ihn immer wieder darum bat ihm Atteste zu schreiben, dass er sich noch in körperlich und geistig guter Verfassung befände. Als der Arzt ihn fragte warum er das wolle, bekam er immer zur Antwort, dass sein Chef viel Wert darauf lege und dass er als Kommandant eine starke Truppe unter seinem Befehl stehe. Wie solle es denn wirken, wenn er vor ihnen Schwäche zeigen würde. Diese Argumentation war für den Arzt schon aus medizinischer Sicht nicht nachvollziehbar.

Er konnte eigentlich kaum die äußere angeschlagene Vitalität seines Patienten durch ein schriftliches Attest ersetzen. Es war für den Patienten eine Selbsttäuschung. Es würde seiner Meinung nach nicht sinnvoll sein. Es wäre fast dasselbe, als wenn er einen Fußballer mit einer Verletzung als fit aufs Spielfeld schicken würde. Es kam auch ein anderer kranker Patient, der so um die sechzig Jahre zählte. Er forderte auch einen solchen Nachweis, dass er kerngesund sei. Aber in diesem Fall weigerte der Arzt sich ihm ein Attest zu schreiben. Für den Arzt waren solche Wünsche einfach nicht zu verstehen. Ob sie das für ihre Lebensversicherung einsetzten, blieb reine Spekulation und ihr Geheimnis. Was er absolut verstehen konnte, war, wenn jemand sich krankschreiben ließ, um sich daheim auszukurieren. Eine Krankenversicherung gab es nicht. Wer krank war, musste selbst dafür aufkommen. Insofern lag kein Betrug von irgendwelchen Instanzen vor. Im Wartezimmer hatten sich einmal zwei Patienten eingefunden. Sie kannten sich und unterhielten sich über verschiedene Themen, die die Gesellschaft bewegten. Beide waren noch recht jung und hatten gerade mal ihr Studium beendet. Neben ihnen stand Simba und fragte einen von ihnen, was er von einer Verjüngungskur des Regierungsapparates halte. Diese Frage berührte jeden im Zimmer, so dass man sich dazu äußern wollte. Defogu ergriff sogleich das Wort: „Ich bin nun schon in Rente und sprachlos über das, was sich im Land abspielt. Viele jüngere Menschen stehen trotz unseres hohen Bildungsniveaus im Abseits chancenlos die Geschicke des Landes zu führen. Wann werden wir anwenden, was wir in all den Jahren harten Studiums gelernt haben? Schauen wir doch nur, wer in den Bars und Kneipen tagsüber sitzt. Es sind meist junge Menschen, die im Grunde aktiv ihre Kraft einsetzen sollten, aber stattdessen ihre Sorgen und ihren Frust im Alkohol ertränken. Natürlich wollen und können wir nicht alle Machtpositionen haben, aber diejenigen, die das Land über Jahrzehnte steuern, scheinen uns Leute von der Basis nicht wahrzunehmen. Erschwerend kommt hinzu, dass die Alten im Rentenalter noch fleißig an ihren Stuhl gefesselt sind. Das ist doch die bittere Realität in dem Land, in dem wir leben. Ist es nicht an der Zeit, dass wir, die Jungen, das Ruder in die Hand bekommen und zeigen, was in uns steckt. Sie hatten ihre guten Jahre, jetzt sollten sie sich Ruhe gönnen. Warum soll man sich solange quälen? Jeder ist schließlich ersetzbar. Soll man in dem Alter noch weiter Vermögen schöpfen, das man doch nie braucht?"

Ein anderer Zuhörer meldete sich nun zu Wort und sagte: „Ich höre ihrer Ausführung nun einige Zeit zu und muss zu meinem Erstaunen feststellen, dass Sie hier eine Ausnahme sind.

Hätten die meisten Älteren an der Macht die gleichen Gefühle und Gedanken wie Sie, dann wäre in unserem Land einiges anders und Fortschritt wäre keine Utopie. Weniger Junge würden das Land verlassen. Es ist eine Flucht ins Ungewisse, aber zu viele suchen ihr Glück im Ausland. Ob die Alten an der Macht dieses Phänomen begreifen, scheint mir unwahrscheinlich. Mein Bruder Komda kam vor ein paar Jahren aus Norwegen zurück. Er wollte dort langfristig leben. Täglich bemühte er sich eine Arbeit zu finden. Nach einen Jahr war er mit den Nerven am Ende. Seine Ersparnisse waren ebenfalls aufgebraucht. Sein Auto machte er zum privaten Taxi, um wenigstens überleben zu können. Seine Kleidung und Schuhe waren abgetragen. Dennoch verlor Komda nicht die Hoffnung und seinen Humor. Jeder andere in der gleichen Lage sagte ihm nur, was er da nur machen könne. Diejenigen, die Kontakte und Beziehungen hatten, konnten ihre Jobs wechseln, obwohl es kaum Stellenanzeigen gab, auf die man sich bewerben konnte. Intern gab es noch Stellenangebote und die Insider informierten ihre Bekannten und Verwandten darüber. Jeder versuchte Kontakte zu Personalchefs zu nutzen, damit Bewerbungen nicht so einfach in Schubladen verschwanden. Die Zahl derer, die Blindbewerbungen abschickten war unzählig, aber sie bekamen nicht einmal eine Eingangsbestätigung. Jeder war seinem Schicksal überlassen. Der Staat hatte die Funktion übernommen aus einem Einzelschicksal ein Gesamtproblem zu machen und es gegebenenfalls zu lösen. Dies sollte doch bei einem funktionierenden Staat möglich sein. Bei einem Staat, der sich um die Belange seiner Bürger kümmert. Komda bedauerte es langsam, in die Heimat zurückgekehrt zu sein. Denn, wenn man es geschafft hatte in Norwegen einen Job zu haben, verdiente man vergleichsweise nicht schlecht. Das System war auch für Ausländer gut und übersichtlich aufgebaut. Suchte man Arbeit, dann ging man zur Agentur und bewarb sich. Jeder hatte eine Krankenversicherung. Hier aber in Af-

rika lief alles anders für jemanden wie Komda. Es war keine leichte Anpassung an ein System, wo Beziehungen wie erlösende Glückskarten wirken konnten. Ein Bekannter hatte ihm gesagt, dass man dort nur etwas sei, wenn man etwas könne oder habe, worauf man sich stützen könne. Überall hört man nur: Den Arzt oder den Abgeordneten kenne ich. Der Lehrer weiß, wer ich bin. Der Kommissar ist aus dem gleichen Dorf wie ich. Für Komda wurde immer klarer, welchen Einfluß diese Beziehungen im Alltag hatten. Über die ethnische Seilschaft kannte man sich und kam durch sie mehr oder weniger voran. Allein der Name konnte schon einen Hinweis geben. Es konnte sich aber auch ins Gegenteil verkehren, wenn der Einflussreiche anderer Meinung war. Dieser Kult der Abstammung vom Klan der Machthaber war die wichtigste Hürde zum erfolgreichen Weg und Einstieg in bevorzugte Positionen unabhängig von den Kompetenzen. Kripolomda hatte es geschafft in eine größere Bank hineinzukommen, obwohl er Geograf von Beruf war. Er wurde Chef von erfahrenen Finanzexperten, die ihr Metier beherrschten. Es war nicht leicht für sie einem einfachen Mann die Mechanismen der Finanzwirtschaft zu erklären. Nun sollten sie ihrem Chef alles mit einfachen Worten erklären.
Erst, wenn er Inhalt und Absichten zusammengefügt und verstanden hätte, würde er seinen Segen für eine Projektrealisierung geben können. Immerhin war er handelsrechtlich ein Prokurist. Gerade in diesem Bereich hatte es merkwürdige Verdächtigungen wegen Veruntreuung von Geldern eines Vorgängers gegeben. Er bestritt zwar die Anschuldigungen, konnte dem Netz der Justiz jedoch nicht entkommen. Kripolomda war noch relativ jung mit seinen fünfundvierzig Jahren. Er machte sich schnell an die Arbeit und ließ sich alles erklären. Er bot seinen Kollegen an, ihn zu duzen. Im Gegensatz zu seinen Vorgängern konnte man ihn nur in Hemd und Krawatte in der Bank sehen. Seine Kollegen folgten seinem Beispiel. Die Atmosphäre war plötzlich eine andere geworden. Allein dieser Abstand Mitarbeiter zu Chef schien zuvor eine unüberwindbare Kluft zu sein. Man konnte zuvor förmlich das Unwohlsein bemerken, wenn einer der Mitarbeiter einen Termin beim Chef hatte. Jetzt herrschte eine entspannte, lockere Atmosphäre. Es entwickelte sich ein Vertrauensverhältnis, so dass sich vieles von selbst änderte. Die Mitarbeiter übernahmen mehr Verantwortung. Der neue Chef beeindruckte mit seinem Ehrgeiz und seiner Gabe, wie er sich in komplexe Sachverhalte hineinversetzen konnte. Er hatte auch ein gutes Gedächtnis, was für ihn natürlich von Vorteil war. In Besprechungen konnte er dadurch

viel aufnehmen, aber auch wiedergeben. Sprach er selbst über die Arbeitsabläufe in seinem Bereich zu seinen Vorgesetzten, staunten sie, wie viel er als Geograf von der Wirtschaft verstand. Mit Ehrlichkeit lobte er seine Mitarbeiter, die ihm geholfen hatten, sich binnen kurzer Zeit in die komplexe Materie einzuarbeiten. Er setzte sich daher auch dafür ein, dass sie eine Prämie bekommen sollten. Bei älteren Mitarbeitern entwickelte er noch mehr Sympathie. Einer von ihnen war bereits im Rentenalter und dachte, wie konnte es anders sein, noch nicht ans Aufhören. Er leitete als Gruppenleiter die Abteilung Auslandsgeschäfte. Er war daher oft auf Dienstreisen. Wenn er der Geschäftsleitung seinen Bericht vorlegte, folgte meist kurz darauf eine weitere Dienstreise, entweder nach Asien oder Amerika, wo er auf die Suche nach Geschäftspartnern ging. Auf diese Reisen konnte er einen Assistenten mitnehmen. Er machte aber keinen Gebrauch davon, aus Sparsamkeit. Wenn er jemand dabei haben wollte, dann lieber seine Frau.

Der einsame Kandidat

Ajomkere war auf dem Heimweg. Wie so oft hielt er an der Tankstelle an, um einen Blick in die Zeitung zu werfen. Er blätterte darin und fand ein interessantes Jobangebot. Es klang so verlockend gut, dass er zunächst dachte, es müsse bestimmt ein Haken dabei sein. So kaufte er die Zeitung, um sie in Ruhe weiterlesen zu können. Er stieg in seinen Wagen ein und fuhr geradewegs zu seiner Wohnung. Dort angekommen nahm er nochmals die Zeitung zur Hand und las das Stellenangebot. Eine Gemeinde suchte einen Dezernenten für eine höhere Position im Bürgermeisteramt. Der Bewerber sollte einen Hochschulabschluss haben, Staatsbürger sein und vielseitige Erfahrungen vorweisen können/mitbringen. Da die Qualifikation doch eher unspezifisch war, dachte sich Ajomkere, dass er vielleicht seine Chance nutzen sollte. Er hatte schon vor Jahren im Rathaus von Oyomaban gearbeitet. Damals gab es dort noch nicht einmal einen Computer. Die Sekretärinnen tippten den ganzen Schriftverkehr mit alten mechanischen Schreibmaschinen. Die Akten wurden neu sortiert in dieser kleinen Gemeinde, nachdem ein neuer Bürgermeister gewählt worden war. Vieles wurde auch verbrannt, weil es kein Platz zum Lagern mehr gab. So rief Ajomkere einen Cousin in Afrika an und erzählte ihm von seiner Absicht sich für eine Stelle im deutschen Bürgermeisteramt zu bewerben. Sein Cousin sollte dringend ein Zeugnis für ihn vom dortigen Bürgermeister verlangen als Nachweis dafür, dass er früher dort gearbeitet und bereits in dem Metier Erfahrung gesammelt hatte. Ein paar Referenzen konnten auch nicht schaden. Der Cousin meinte nur auf die Bitte Ajomkeres, dass der alte Bürgermeister sich bestimmt darüber wundern werde, dass er ihm Referenzen ausstellen solle, wo er doch schon in Europa sei und viel Geld verdiene. Auf die Frage bis wann er das Zeugnis brauche antwortete Ajomkere, dass er es in einer Woche brauche. Der Cousin erinnerte Ajomkere daran nicht zu vergessen eine kleine Geste in Form von Geldscheinen zu machen, sonst verzögere sich das Ganze mit Sicherheit. Je großzügiger er sich zeigte, desto schneller ginge es. Nach dem Telefonat fuhr der Cousin gleich nach Oyomaban. Dort angekommen erfuhr er von der Sekretärin, dass der Bürgermeister schon seit einem Monat krank sei. Dennoch fuhr er jeden Tag wieder dorthin zu verschiedenen Zeiten. Er fragte die Sekretärin, wer ihn denn vertrete während seiner Krankheit. Sie antwortete, dass ihn eigentlich niemand vertrete in einer so kleinen Gemeinde. Er erzählte ihr vom Grund seines Besuchs und davon, dass sein Cousin in Deutschland die Unterlagen schnellstens brauche. Sie erwiderte, dass man in Europa immer alles schnell haben wolle, aber hier in Afrika würden die Uhren nun mal langsamer gehen. Man habe einen anderen Rhythmus. Sie fragte nach dem Namen des Cousins in Deutschland. Sie gab zu verstehen, dass ihr der Name Ajomkere nichts sage. Wenn er vor zwanzig Jahren hier im Rathaus gearbeitet habe, seien inzwischen zehn Bürgermeister im Amt gewesen. Einige von ihnen blieben nur ein paar Monate, da sie keine Perspektiven sahen. So müsse zum Beispiel der derzeitige Bürgermeister Ole seinen Privatwagen fahren, obwohl im von Amts wegen ein Dienstfahrzeug zustehe. Dies seien Dinge, die ihnen das Leben hier schwer machen würden. Sie fragte, was Ajomkere in Deutschland mache. Vielleicht sei der Bürgermeister Ole an einem älteren Mercedes interessiert. Sie wisse, dass er sich auch Investoren für die kleine Gemeinde wünsche. Sie hätten hier viel Land, das bebaut werden könne.

Ajomkeres Cousin war darüber erbost, dass sie soviel abschweifend redete, wo er doch nur ein Stück Papier haben wollte. Wenn sie alle Wünsche ihres Chefs schon auswendig wusste, dann sollte sie doch die Arbeit so schnell wie möglich erledigen, dachte er für sich. Endlich betätigte sie die Tastatur ihrer Schreibmaschine, nachdem sie schier endlos geredet hatte. Sie fragte nochmals nach dem Namen des Cousins und tippte das Zeugnis. Als sie es fertig hatte, legte sie es in den Unterschriftenordner, damit der Bürgermeister es noch unterzeichnen konnte. Nur wann er wieder ins Büro käme, das wisse niemand genau. So schlug Ajomkeres Cousin vor, sie solle ihm das Zeugnis nach Hause bringen, damit er es dort gleich unterschreiben würde. Sie erwiderte, dass sie das gerne tun könne, wenn er ihr die Fahrt bezahle. Der Cousin gab ihr zu verstehen, dass er sie im Auto dorthin fahren könne. Sie lehnte jedoch ab, da sie ihren Chef nicht in Begleitung ansprechen wolle. So hatte der Cousin keine andere Wahl und hielt ihr einen Geldschein vor die Nase. Sie dankte ihm und ließ ihn wissen, dass ihre Kinder abends gut davon essen könnten. Sie fügte hinzu, dass er sie gerettet habe, da es kurz vor Monatsende immer sehr knapp mit Geld sei. Er solle morgen wieder gegen zehn Uhr wiederkommen, dann könne er das Zeugnis abholen. Er solle aber nicht vergessen Ajomkere die Wünsche des Bürgermeisters zu erzählen. Der Cousin nickte mit dem Kopf und lächelte. Tags darauf war er zum verabredeten Zeitpunkt wieder da und bekam tatsächlich das ersehnte Zeugnis. Er bedankte sich nochmals dafür bei der Sekretärin und überreichte ihr einen Umschlag. Diese bedankte sich ebenfalls und sagte ihm, dass er ein sehr netter Mann sei und dass sie mit soviel Geld nicht gerechnet habe. Der geringe Verdienst im Rathaus reiche nie wirklich aus. Es sei dennoch oft viel zu tun, aber wenn kein Geld in den Kassen sei, könne man die Arbeit eben nicht entsprechend würdigen. Der Cousin scherzte und meinte zu ihr, ob sie noch den Durchblick behalte bei so einem vollen Schreibtisch. Sie erwiderte, dass sie ihr System habe, auch wenn es chaotisch aussehe. Daraufhin verabschiedete sich der Ajomkeres Cousin bei ihr und gab ihr noch einen Kuss auf die Wange links und rechts als Ausdruck dafür wie er sie mochte. Er ging schnurstracks zur Post und versandt das Zeugnis nach Deutschland. Spätestens nach zwei Tagen sollte es in Deutschland eintreffen. Er fügte ein Schreiben bei, in dem mehr oder weniger indirekt versuchte seine Ausgaben aufzulisten, da er den Anschein erwecken wollte, dass er den Cousin fern der Heimat von ganzem Herzen unterstützte und es ihm nicht so sehr um das Geld ging. Ajomkere bekam der Brief. Er freute sich darüber, dass sein Cousin es so schnell erledigen konnte. Als er jedoch noch den beigefügten Brief las, verging ihm seine Freude. Er war einfach nur noch entsetzt. Er konnte es nicht fassen, dass sein Cousin für seinen Dienst auch noch Geld haben wollte, so als ob er ihm nicht jedes Mal Geld schickte, wenn er darum gebeten hatte. Letztendlich beruhigte er sich und war bereit ihm wieder Geld zu schicken. Das Zeugnis ließ er übersetzen. Er hatte noch anderthalb Wochen bis zum Ablauf der Bewerbungsfrist. Er hatte alle Unterlagen zusammengestellt und war nun mit der Formulierung des Anschreibens beschäftigt. Er hatte immer wieder neue Einfälle, wie er es schreiben könnte, aber noch keine endgültige Fassung gefunden. Er wollte ja schließlich mit seinem Konzept überzeugen. Seinem Lebenslauf fehlte noch ein neues Foto. Er bedauerte zwar, dass er keiner Partei angehörte, die ihn hätte vorschlagen und Wähler für ihn hätte mobilisieren können. Er wollte mit seiner Kandidatur als Parteiloser sein Engagement beweisen. Entgegen allen Regeln ein Bewerbungsanschreiben nur eine Seite lang abzufassen, sah er sich außerstande es auf eine Seite zu kürzen. Wenn Politiker aller Fraktionen das Bewerbungsverfahren einleiteten, dann waren es keine geschulten Personalreferenten, dachte sich Ajomkere. Ein längeres Anschreiben würde daher in ihren Augen aussagekräftiger sein. Politiker neigen von Natur aus dazu, sich nicht kurz zu fassen. Dies hatte er schon gemerkt. Da kamen schnell etliche Seiten zusammen. Die Inhalte sowie die behandelten Themen waren so gut dargestellt, dass es wie ein Weckruf wirken sollte.

Das Bewerbungsschreiben hatte folgenden Wortlaut:

Brief an die Stadtverwaltung Mersing am Ufer

Sehr geehrter Gemeinderat,

mit großem Interesse habe ich Ihre Stellenausschreibung in der Zeitung gelesen und möchte mich um die Bürgermeisterstelle bewerben. Ich bringe viel Erfahrung an kommunaler Tätigkeit mit. Dies beruht auf fast zehnjährigem Einsatz im Rathaus von Oyomaban in Afrika. Im Gegensatz zu Deutschland wurde der Bürgermeister dort immer ernannt. Dass hier ein neuer Bürgermeister zunächst als Stelle ausgeschrieben wird, auf die man sich bewerben kann und man dann eine Funktion mit politischen Zielsetzungen ausübt, habe ich hier erst erfahren. Daher möchte ich ausführlicher über meine Motivation berichten, damit Sie ein Bild bekommen, warum ich für diese Stelle geeignet bin.
Meine schulische Ausbildung begann in einer Kleinstadt in der Südprovinz. Danach folgte ein Studium der Philosophie und Politikwissenschaft. Nach drei Jahren wechselte ich nach Ima und bekam einen Magisterabschluss. Ich arbeitete im Rathaus von Oyomaban. Ich war dort zunächst für die Prüfung der Baupläne zuständig. Dann wechselte ich in den Bereich Finanzen, wo ich für die Besoldung der Mitarbeiter verantwortlich war. Ich bekam neue Aufgaben und lernte eine Menge durch praktische Tätigkeit. Ich bin der festen Überzeugung, dass ich diese Erfahrung in Ihrer Gemeinde einbringen und umsetzen kann. Im Bereich Wirtschaft habe ich vor, die Gemeinde mit neuen Investoren zu sanieren.
Das Projekt, das ich zunächst in Angriff nehmen werde, wird die Einrichtung eines Kulturhauses sein. Diese Einrichtung soll jährlich über eine Million Besucher anziehen. Mit einem nie zuvor da gewesenen, vielfältigen Angebot an Kultur, das Musikspektakel, Theatervarieté, Gastronomie und Haute Couture beinhaltet, wird Ihre Gemeinde an Dynamik und Leben über die Grenzen der Region hinweg gewinnen.
Es wird auch Erfahrungsaustausch mit anderen Geschäftszweigen angeregt. Die Jugendlichen sollen Flächen zur Verfügung gestellt bekommen, wo sie in einer Art Wettbewerb ihre Graffitis sprühen können. Als Anerkennung ihrer Kunst sollen dann die

Sieger des Wettbewerbs in Sonderkunstschulen aufgenommen werden.

Die Gewalttätigen unter ihnen sollen in Kampfsportarten diszipliniert und trainiert werden. Sie sollen ihre Kraft in Wettkämpfen messen können. Niemand soll ausgeschlossen werden und jeder eine Chance erhalten, auch die Schwächeren. So soll jeder in die Gesellschaft integriert werden. Für aussichtslose Fälle soll es Erziehungscamps geben. Der Arbeitslosigkeit werde ich besondere Aufmerksamkeit schenken. Mit der Option „Jobs für alle und alle in Jobs" stelle ich mir eine neue Art der Arbeitsbeschaffung vor. Dafür möchte ich die Errichtung von Projektzentren vorsehen, die innovative Ideen fördert. Ebenfalls möchte ich den Senioren die Möglichkeit bieten ihre Erfahrung einzubringen. Sie sollen für die Früchte ihrer Arbeit mehr berücksichtigt werden.

Mit dem bisherigen Seniorenwohnmodell sind nicht alle berücksichtigt worden. Die Wärme der Familienangehörigen muss permanent da und zu spüren sein.

Ich werde die Finanzen Ihrer Gemeinde konsolidieren und dem Mittelstand mehr Freiraum geben. Rechnen Sie mit meinem Engagement für eine modernere Gemeinde im Wettbewerb mit anderen Gemeinden. Ihre Gemeinde soll sich international öffnen und dabei ihre Tradition nicht vergessen.

Damit bestätige ich meine Kandidatur und möchte meine Pläne effizient für die Gemeinde einbringen und umsetzen. Es gibt viel zu tun, packen wir es an!

Mit freundlichen Grüßen
Ajomkere

Den Brief schickte er zusammen mit allen Zeugnissen am folgenden Tag ab. So konnte er doch noch die Bewerbungsfrist einhalten. In der Regel dauerte ein Inlandsbrief einen Tag. Er fühlte sich sehr erleichtert, dass er die Bewerbung geschrieben hatte und seinem Engagement, seiner Motivation so Ausdruck verleihen konnte. Nun hatte er es nicht mehr in der Hand, was weiter geschehen würde.

Er wartete die folgenden Tage auf eine Eingangsbestätigung, aber es kamen nur Prospekte, Rechnungen und sonstige Werbung. Langsam fing er an ungeduldig zu werden. Man hörte allenthalben, dass bei dieser kleinen Post manche Briefe nie ankamen. Er hoffte inständig, dass er nicht davon betroffen war. Seine Sorge über verloren gegangene Post erwähnte er Freunden gegenüber, ohne jedoch davon zu erzählen, dass er sich als Bürgermeister beworben hatte. Innerlich malte er sich aus, wie wohl sein Leben als Bürgermeister der kleinen Gemeinde aussehen könnte. Er wusste aber, dass es von vielen Kriterien abhängig war. Es waren mittlerweile drei Wochen vergangen, seit er seine Bewerbung verschickt hatte. Da kam endlich ein Schreiben vom Rathaus, was an ihn gerichtet war. Demnach wurde der Eingang seiner Unterlagen bestätigt und man lud ihn zu einem Vorstellungsgespräch ein. Über den genauen Termin würde er noch rechtzeitig informiert werden.

Das Vorstellungsgespräch

Schon als Ajomkere das Kuvert sah, konnte er an dem Stadtwappen erkennen, dass es ein Schreiben von der Stadt sein musste. Es war kein großes Kuvert, was ihm verriet, dass es noch keine Absage sein konnte, sonst hätte man ihm alle Unterlagen in einem großen Kuvert geschickt. Darin gratulierte ihm der Rathauschef persönlich zu seiner Kandidatur und gab Informationen zu den Wahlmodalitäten.

Er schrieb: „Sehr geehrter Herr Ajomkere, vielen haben Sie mit ihrer Kandidatur ihren Mut und ihre Entschlossenheit gezeigt. Ich möchte meine Neutralität bis zum Schluss wahren und Ihnen alles Gute wünschen. Ich möchte Ihnen noch mit auf den Weg geben, das,s wenn Sie zur Wahl antreten, Sie mit starker Konkurrenz rechnen müssen. Es wird ein Mehrheitsvotum geben. Wahlberechtigt werden nicht die Bürger, sondern nur die Gemeinderäte sein. Dies liegt daran, dass die Gemeinderäte bereits die Bürger der Gemeinde vertreten. Am Wahltag wird es deren Aufgabe sein die Stadträte davon zu überzeugen Ihre Stimme zu bekommen. Also, ich wünsche Ihnen jedenfalls viel Glück und Erfolg."

Warum sich der Rathauschef die Mühe machte mit all diesen Erklärungen, fragte sich Ajomkere. Er kannte schließlich die Stadträte vom Sehen. Er überlegte, wie er mit Ihnen in Kontakt kommen könnte. Daher wollte er unbedingt am „Stadtball der strahlenden Puppen" teilnehmen. In die große Halle, wo der Ball stattfand, konnte man entweder als Promigast ohne Eintritt gelangen oder man bezahlte Eintritt. Ein Promi war Ajomkere noch nicht, obwohl er schon auf sich aufmerksam gemacht hatte durch Vorträge und Musik. Er hatte jedenfalls keine offizielle Einladung bekommen. Vielleicht lag dies an seiner Bescheidenheit oder einfach daran, dass ihn der Amtsleiter für Stadtfeste ignorierte. Daher blieb ihm nur die Variante Eintritt zu zahlen, wenn er dabei sein wollte. Als er dort ankam, hatten sich am Eingang zwei Reihen gebildet. Ajomkere fiel als einziger in der Menge auf. Als er vor der Kasse stand, grüßte er die Dame und fragte nach einer Eintrittskarte. Sie erwiderte zunächst, dass sie keine mehr habe, worauf Ajomkere sie fragte, warum dann die Kasse noch geöffnet sei. Er wiederholte nochmals, dass er eine Karte kaufen wolle. Das hatten die Leute in der Promireihe mitbekommen. Etwas stimme hier nicht, äußerte ein Mann in der Promireihe und gab Ajomkere ein Zeichen zu ihm zu kommen. Zu allem Erstaunen begrüßte er Ajomkere in einer afrikanischen Sprache und erzählte ihm von seiner langjährigen Tätigkeit als Arzt in Tansania. Dort wurden Fremde von allen Einheimischen hoch geachtet. Eine Gastfreundschaft, die ihn sehr geprägt habe, fügte er hinzu. Daher hatte er überhaupt kein Verständnis für das Verhalten der Dame an der Kasse. Ajomkere war von dem ehemaligen Arzt beeindruckt und fragte nach seinen Erinnerungen an Afrika. Der nette ältere Herr war dort über dreißig Jahre im Entwicklungsdienst unterwegs und hatte in dreizehn Ländern Afrikas gearbeitet. Es waren keine leichten Jahre dort mit viel Elend und Armut, die er da täglich sah, aber dennoch hatte er schöne Erinnerungen. Die Menschen dort waren trotz widrigster Lebensumstände nie um ein Lächeln verlegen und stets freundlich. Er vermisste die Sonne in den Herzen dieser Menschen. Lachen konnte selbst ein Bettler auf der Strasse von Zansibar, meinte er und fing an so laut zu lachen, dass die umstehenden Leute näher rückten, um vielleicht das ein oder andere Detail zu erhaschen, warum er so lachte. Es waren einfache afrikanische Bauernwitze, die er behalten hatte. Die indirekte Art wie er Sachverhalte ansprach war einfach toll.

Ajomkere konnte es kaum fassen, wie der Herr sich in afrikanischen Traditionen auskannte und wollte wissen wie er es vermochte sich solche komplexen Redewendungen so leicht zu merken. Er sagte, dass seine Frau in einem afrikanischen Dorf aufgewachsen sei. Er und seine Familie hatten viele Kontakte zu den Dörfern. Mit seiner Hilfe konnte Ajomkere nun auch in den Veranstaltungsraum kommen. Die Sitzplätze waren durchnummeriert, und nur diejenigen Gäste mit einer Eintrittskarte hatten einen Anspruch auf einen Sitzplatz, der Rest blieb im großen Foyer. Der freundliche Exarzt sagte Ajomkere er könne drin sitzen. Ajomkere bedankte sich und zog es aber vor, draußen im Foyer zu stehen, um mehr Leute zu sehen. Gutgelaunt lief er zu verschiedenen Ständen, holte sich etwas zu essen, ein Glas Wein und prostete verschiedenen Leuten zu, die er nicht kannte. „Auf einen schönen Abend", wiederholte er dabei immer wieder und stellte sich kurz vor. Der Zeitungsartikel, der ein paar Tage zuvor über ihn geschrieben wurde, stellte ihn als Außenseiter im Rennen um die Bürgermeisterwahl dar. Dennoch erkannten ihn viele gerade wegen des Artikels wieder. Einige fragten ihn, ob er der Kandidat aus Afrika sei, er sehe ihm so ähnlich. Andere, die unsicher waren, sagten ihm während des Gesprächs, dass sie diesem Kandidaten afrikanischer Herkunft einige Chancen einräumen, weil er so sympathisch wirke und bestimmt auch einen frischen Wind in die Kommunalpolitik einbringen werde. Ajomkere ließ sie alle erst ihre Eindrücke schildern, bevor er ihnen sagte, dass es sich bei dem afrikanischen Kandidaten um ihn handele. Diese Aussage am Ende fanden einige so humorig, dass sie dann hinzufügten: „Nun wissen Sie, was wir von Ihnen halten. Es wäre unfair ihnen kein Glück zu wünschen. Vor allem wäre es einzigartig und bestimmt eine Bereicherung einen Afrikaner mit Ambitionen in die Politik hier hineinzubekommen."

Eine Dame fragte Ajomkere, woher er diesen Mut nehme. Sie könne sich im Umkehrschluss nur schwer vorstellen mitten im Dschungel Politik zu machen. Die machen dort sowieso keine Politik und bekriegen sich nur gegenseitig. Zu dieser Aussage fehlten Ajomkere zunächst die Worte. Er sagte ihr nur in höflichem aber bestimmtem Ton, sie solle ihre Vorstellung über Afrika mäßigen. Natürlich verdiene eine Dschungelpolitik keine Beachtung. Er hoffe aber, dass sie ihm nicht unterstelle, hier in Deutschland eine abhängige Politik betreiben zu wollen. Er sei ein guter Demokrat. Sie antwortete, dass sie keineswegs beabsichtigt habe ihn zu verletzen. Sie nehme ihr Wort zurück und bat ihn vielmals um Entschuldigung.

Ajomkere erwiderte, dass es schon gut sei. Dann reichte er ihr seine Hand als Versöhnungsgeste.

Die Dame fügte noch hinzu, dass er sicher in die Geschichte dieser kleinen Gemeinde eingehen werde, auch wenn er die Wahl nicht gewänne. Es sei wohl schwer als Neuling, da das Ganze schon immer ein abgekartetes Spiel gewesen sei.

Das tolle an der Demokratie sei, dass es Koalitionen unter den Parteien geben könne. So bringe man völlig verschiedene Lager in Dialog, und diese müssten sich dann auf einen Kompromiss einigen ohne dabei ihre eigenen Werte zu verlieren. Ob dies nicht auch in Afrika vorstellbar sei? Er solle verstehen, dass auch er irgendwann seine Chance bekommen werde. Die Leute in der Partei hätten einen langen Weg hinter sich bis man sie für einen Posten heranziehe, dessen solle er sich bewusst werden. Er solle weiterhin Erfahrung sammeln bei all seinen Akti-

vitäten. Er könne doch in ihre Partei eintreten. Die Partei, der
sie angehöre, sei weltoffen und vertrete die Politik der Förderung des kleinen Mannes. Sie würden für Chancengleichheit,
die Abschaffung der Grenzen und die Anerkennung der Vielfalt
der Kulturen als tatsächliche Bereicherung durch Entfaltung
des Geistes im Zusammenleben der Menschen verschiedener
Kulturen durch gegenseitige Toleranz und Akzeptanz kämpfen.
Sie bräuchten nur eine Unterschrift von ihm und der Partei-
vorsitzende werde sich um ihn kümmern. Sie könne nichts garantieren, aber wenn er weiterhin so dynamisch bliebe, dann
sei es doch eine Überlegung Wert, ihn bei den nächsten Wahlen wieder aufzustellen. Er bringe im wahrsten Sinne Farbe
ins Spiel. Er sei eine individuelle Persönlichkeit mit einem ge-
wissen Charisma, die den Sinn für Solidargemeinschaft nicht
mehr erlernen müsse, sondern als Gen von Geburt an in sich
trage. Da lächelte Ajomkere über soviel Honig, der ihm um den
Bart geschmiert wurde und dachte an die fehlende Unterstützung, die es nicht möglich machte mehr Stimmen zu bekommen. Er meinte, dass er auf keinen Fall in die Knie gehen werde
und bei seiner nächsten Kandidatur noch mehr dafür arbeiten
werde mit seinem Konzept zu überzeugen, indem er es nochmals streng auf Durchführbarkeit überprüfen werde. Die Dame
meinte, Recht so, er könne alles werden, was er sich vorstelle,
das könne er ruhig glauben, er habe das Potential und den
Biss dazu. Sie tranken noch ein Glas Bier und gingen dann
nach Hause. Ajomkere nahm diese Niederlage nicht auf die
leichte Schulter, auch wenn er sich realistischerweise eingestehen musste, dass er als Parteiloser von vorn herein eigentlich
keine Chance haben konnte. Er konzentrierte sich fortan auf
neue Strategien. Er wurde bei all seinen Bekannten immer in
den Mittelpunkt der Diskussion gestellt. Manche ermunterten
ihn auch dazu seine Stärken und Energie für sein Geburtsland einzusetzen. Vor allem brauchte man junge Leute, die einen Machtanspruch erheben wollten und konnten. So ergab es
sich, dass er eines Tages Besuch von einer afrikanischen Delegation bekam, die ihn bat für einen ähnlichen Posten in Afrika
anzutreten. Seine Kandidatur hatte viel Aufmerksamkeit erregt
und sich sogar bis ins ferne Afrika herumgesprochen. Jetzt,
wo er alles für seine neue Heimat gegeben hatte, solle er sich
auf sein altes Heimatland rückbesinnen und seine Kräfte dort
auch einsetzen. Dort werde niemand etwas an ihm anzweifeln
und ihn vorbehaltlos schätzen. Er solle seinen Brüdern Dynamik bringen verbunden mit neuen Visionen, die alle brauchen,
um ihrem Leben neue Impulse zu verleihen. Er könne es tun,

er müsse es nur wollen. Es werde einen neuen Weg für ihn geben. Er sei derjenige, der vielen die Richtung vorgeben und Klarheit verschaffen könne, wo längst alles getrübt war. Ajomkere hörte richtig zu während der Anführer der Delegation auf ihn einredete. Er bekam sogar Gänsehaut und spürte, welche Kraft erneut seinen Willen beflügelte.

So fragte Ajomkere ihn, wie er sich das Ganze vorstelle. Der Anführer erwiderte, dass Ajomkere selbst am besten einschätzen solle, dass man nur in der Höhe des Baumes klettern lernen könne. Es gab einige, die es vor ihm versucht haben, aber daran gescheitert seien. Wenn jeder sich nur zurückziehen würde, dann hätten auch die Kinder Grund dazu ihren Eltern Vorwürfe zu machen. Dann wolle er mit einem Projekt beginnen und hoffentlich keine Enttäuschung bringen, erwiderte Ajomkere. Denn er hatte gelernt pragmatisch zu sein und Zeit zu investieren, wenn er von einer Sache überzeugt war. Er schlug vor gemeinsam mit der Delegation nach Afrika zu reisen und dort für eine Weile zu wohnen. Er würde realistische Pläne für die Entwicklung des Dorfes entwickeln und dann versuchen sie so gut wie möglich umzusetzen. Plötzlich gab es Meinungsverschiedenheiten bezüglich des Reiseziels. Für die meisten sei eine Investition in ein Dorf nicht genug, um öffentliches Interesse zu wecken, wenn, dann müsste es schon eine Großstadt sein. Man könne auch in die Großstadt gehen, erwiderte Ajomkere. Er wäre bereit dort zum Beispiel ein modernes Krankenhaus auf die Beine zu stellen, um zumindest einen Zentralpunkt zu bekommen, wo die ärztliche Versorgung verbessert sei. Somit wolle er persönlich auch seine Dankbarkeit ausdrücken, da ihn schließlich seine/tiefe Wurzeln mit Afrika verbänden.

Er sei in diesem Teil der Erde zur Welt gekommen. Die Nöte der Menschen dort berühren ihn genauso, auch wenn er nicht mehr deren Pass besäße.

Ajomkere hatte in all den Jahren, in denen er in der Fremde aufwuchs, nicht seine kulturelle Identität verloren. Sein Herz lebte stets dort, hatte er immer wieder verlauten lassen. Er träumte davon abends auf dem Felsen von Dienakane zu sitzen, auf den Mond zu schauen und mit den Ahnen spirituellen Kontakt aufzunehmen.

Dies war für ihn ein Bekenntnis trotz des Erfolgs, den er in Europa hatte.

Ihm wollten ein paar weiße Freunde nach Afrika in das Dorf, wo seine Ahnen einst lebten und er geboren wurde, folgen, da sie neugierig geworden waren und es mit eigenen Augen sehen und kennen lernen wollten. Sie wollten sich ein eigenes

Bild davon machen, wie die Menschen dort lebten und ihren Alltag meisterten. Ambros war Lehrer für Geografie in einem Gymnasium in Kapenthal. Er kannte alle Länder Afrikas und ihre Bevölkerungsgruppen aus Büchern, die er studiert hatte. Er konnte im Unterricht nicht mehr vermitteln, als das, was er theoretisch wusste. Diesen Zustand wollte er durch die Reise nach Afrika endlich beenden, obgleich er sich bewusst war, dass er auf einer Reise nicht ganz Afrika kennen lernen konnte. Dafür würde wohl ein Menschenleben nicht ausreichen. Er wollte mit praktischen Erfahrungen den Unterricht beleben und ergänzen, um ihn letztendlich für die Schüler interessanter und anschaulicher zu machen.

Am Abflugtag kamen die Freunde, darunter auch der Lehrer Ambros zum Flughafen. Jeder hatte eine Botschaft, die er Ambros mitteilte. Die anderen Lehrer baten ihn viele Fotos von den dortigen Schulen samt Lehrern und Schülern zu machen. Ein anderer Kollege bat ihn darum, ob er vielleicht Schulpläne von dort einsehen und darüber berichten könne. Vielleicht hätten sie dort mehr Freizeit als wir in Europa, lachte er. Die Schüler des deutschen Kastaniengymnasiums malten Bilder und schrieben Briefe an ihre afrikanischen Altersgenossen. Manche unter ihnen wünschten sich in einer nächsten Reise nach Afrika mit zu fliegen. Ambros fand diese sympathischen Gesten seiner Schüler sehr beeindruckend. Es war einfach Ausdruck von Toleranz und des Willens zur Freundschaft über die Grenzen hinweg.

Sie flogen mit einer Boeing 747 von Düsseldorf ab. Es gab eine Zwischenlandung in Amsterdam. Dort mussten sie außerplanmäßig neun Stunden bleiben wegen eines Streiks der Fluglotsen und konnten dann doch noch gegen Mitternacht mit einer Sondermaschine nach Afrika weiterfliegen. Die Maschine hatte noch Sportler an Bord, die an den Olympischen Spielen teilnehmen sollten. Die Maschine landete zunächst in Khartum, obwohl sie zum großen Teil Fluggäste beförderte, die Kamerun als Ziel hatten. Ein Unwetter und wenig Treibstoff machte die Landung in Khartum notwendig.

Ambros war über diese ungeplanten Änderungen etwas ungehalten, er wollte lieber schon am Strand von Kribi sein. Die ungewohnte, tropische Hitze in Khartum war kaum auszuhalten. Alle saßen im vollklimatisierten Restaurant und tranken gekühlte Getränke. Ambros hatte ein Handtuch im Handgepäck. Er holte es dauernd hervor, um sich damit über das vom Schweiß triefende Gesicht zu wischen. Er meinte man bekäme rasch Sonnenbrand bei dieser starken Sonneneinstrahlung in

Äquatornähe. Er machte sich auch Sorgen darüber, ob sein Kreislauf das alles mitmachte. Einer der Passagiere, der gut Deutsch sprach, fragte ihn, ob er denn zum ersten Mal nach Afrika reise, was Ambros bejahte. Der freundliche Mann meinte, dass es schon ein Erlebnis sei Afrika zu sehn und wünschte ihm schönes Wetter in Kamerun. Er könne sich dann am Stand von Kribi aufhalten. Es sei sehr schön dort, er könne es ihm nur empfehlen. Er solle nach Limbe fahren, wo er sich in einem Luxushotel unterbringen lassen könne.

Aber Ambros hatte andere Vorstellungen von einem Afrikabesuch. Wozu sollte er ins Hotel gehen? Eine Hütte würde ihm schon reichen. In Europa habe es genug große Hotels, in denen man von der Natur getrennt ist. Er wolle die Natur Afrikas richtig spüren und erleben und Nähe zu den Menschen und Tieren bekommen. Nur auf diese Weise könne er die Reise genießen und würdigen. Ambros fragte den Mann, woher er aus Afrika komme. Er sei Deutscher erwiderte er. „Wie bitte?", reagierte Ambros verwundert. Aber er sehe doch wie ein Afrikaner aus. Da hatte sich eine Unterhaltung ergeben, die nicht enden wollte. Es mischten sich unter den Passagieren noch weitere in die Unterhaltung ein. Eine Dame zeigte ihren Pass und behauptete, dass sei doch der gleiche Pass, den er auch besäße. Warum er nicht annehme, dass es ein Landsmann sei. Jeder gehe in seinem Land wählen, wenn man mindestens achtzehn Jahre alt sei und den Pass des Landes habe. Es bildeten sich verschiedene Ansichten, da einige meinten, man sei nur Deutsch, wenn man in Deutschland geboren worden sei. Wer nur einen deutschen Pass besäße aber andere Hautfarbe habe sei dennoch Ausländer. Was aber sei mit den Farbigen, die in Deutschland geboren wurden? Ob das dann auch Ausländer seien? „So ein Schwachsinn", mischte sich ein anderer ein. Man einigte sich darauf, dass man durchaus Deutscher sein könne, aber von anderer Herkunft.

Ambros sagte, dass er gerne Kritik annehme und daraus lernen könne. Die farbigen Deutschen hätten gegenüber den weißen Deutschen schon einen Vorteil, da sie von den farbigen Afrikanern wie Brüder behandelt werden, wohingegen der Weiße sofort als Nichtafrikaner erkannt und behandelt werde. Diesen Heimvorteil könne ihnen niemand streitig machen. Der Sinn für Solidarität sei unbestreitbar stark ausgeprägt. Als eine Frau Ambros die Hand gab und ihm alles Gute für seinen Afrikaaufenthalt wünschte, war er völlig überrascht. Als er gefragt wurde, ob er diese Frau kenne oder mit ihr verwandt sei, verneinte er dies. Hier sei das Grüßen etwas ganz normales auch unter Leuten, die sich nicht kennen. Das werde er noch viel öfter hier antreffen. Körpernähe und Gestik gehörten dazu, meinte die Frau. Ambros hörte nicht auf zu fragen, wenn ihm etwas fremd war. Er fand diese Sitte eigentlich nicht so gut, vor allem, wenn der Gegrüßte nicht reden wollte. Dennoch dachte er, man müsse sich den Landessitten anpassen. Das gebieten die Höflichkeit und der Respekt vor der anderen Kultur. Hier war er doch selber ein Schüler, der noch so manches zu lernen hatte, was er nicht aus Büchern her kannte. Daher kam auch seine ungezügelte Neugier. Andere Mitreisende scherten sich kein bisschen darum und genossen lieber ihr Maisbier. Als sie endlich angekommen waren freute sich besonders Gerard, der Automechaniker war, über den Bikutsitanz, den die schönen jungen Frauen vorführten. Sie bildeten einen Kreis und forderten die Ankömmlinge auf mitzutanzen.

Batamfe, ein farbiger Mann aus der Reisegruppe lachte und amüsierte sich so über den schweißtreibenden Tanz. Er dachte sie müssten irgendeine Droge genommen haben, weil sie sich so wie in Trance bewegen konnten. Plötzlich war Ambros im Kreis und begann seinen Bauch mit etwas steifen Bewegungen zu kreisen zu lassen, während die Tänzerinnen geschmeidig ihre Hüften schwangen. Alle klatschten und die Stimmung wurde immer ausgelassener. So geschwitzt hatte Ambros nur zuvor im Sonnenstudio in Deutschland. Er hatte Spaß und fühlte sich wie ein Star unter den Tänzern, obgleich er in keiner Weise mit ihrer Tanzkunst mithalten konnte. Manche riefen: „Hey, der Weiße da tanzt auch Bikutsi." Ambros amüsierte sich mit einer jungen Schönheit, die versuchte, ihm die richtige Tanzbewegung beizubringen. Er bemühte sich und wollte es so gut als möglich nach machen. Immer wieder sagte er: „Toll, klasse." Das Mädchen aber sprach natürlich kein Deutsch und dachte er rufe sie mit ihrem Namen. Sie erwiderte: „Non, pas toll, Angéline."

Das waren so die typischen Kommunikationsprobleme, die beim Tanzen nicht auftraten. So empfange man hier Gäste, meinte Metinabe, der ursprünglich aus diesem Dorf stammte. So hatte Ambros sich die Reise vorgestellt. Mit Land und Leuten in Kontakt zu kommen, nicht isoliert im Hotel mit anderen Europäern zusammen zu sein und sich etwa über Frühstückseier zu ärgern, die nicht wie zu Hause gekocht waren. Nein, hier bekam er noch einen gratis Tanzkurs von der attraktivsten Lehrerin, die er sich vorstellen konnte. Nach der Tanzvorstellung waren sie alle noch zum Essen in die Pfarrei eingeladen. Der Pfarrer Xavier hatte einige Kirchenfrauen einbestellt, um landestypi-

sche Gerichte zu kochen. Die Gäste bekamen Wildfleisch von Antilopen mit Gemüse und gelben Yamswurzeln serviert.
Es gab Palmwein und Maisbier zu trinken. Die Gäste bedankten sich für die Bewirtung bei den Kirchenfrauen mit einer Flasche Pfälzer Wein. Sie probierten den deutschen Wein und nickten mit dem Kopf als Zeichen ihres Dankeschöns und gaben zu verstehen, dass es ein guter Wein sei, nicht zu vergleichen mit dem Zeug, was in der Stadt für teures Geld angeboten werde. Der Pfarrer, der normalerweise keinen Alkohol trank, bekam auch ein Glas. Nachdem er ihn verkostet hatte, sagte er: „Halleluja, Gott segne diesen Wein. Der hat Qualität in sich. So ein Wein kostet hier mindestens den Tageslohn eines Familienvaters im Dorf. So ist die Welt. Bei den einen wird Nahrung wegen Überproduktion und Erhalt der Preisstabilität weggeworfen, und bei den anderen sucht man ständig nach Essen und wird oft nicht einmal satt beziehungsweise hat sogar Mangelerscheinungen. Wir sind jedenfalls sehr froh hier in unserer kleinen Gemeinde des Dorfes Aremeyunga, dass Gäste aus dem fernen Deutschland den Weg hierher gefunden haben". Die Gäste bedankten sich noch beim Pfarrer für den tollen Empfang und versprachen ihm wieder zu kommen. Als Sie ihn aber fragten, ob er schon in Deutschland gewesen ist, antwortete er: „Nein, ich kenne nur Frankreich. Aber vielleicht besuche ich Ihr Land bei meinem nächsten Europa-Besuch in Juni. Nur, es ist nicht leicht auch für uns Geistliche zu einem Visum zu gelangen. Europa baut wieder seine Mauer und scheint zu wollen, dass wir aus dem Süden mit unseren Problemen ersticken".

Weitere Bücher von André Ekama

Schwarzer sein im weißen Himmel
Afrikanische Erzählungen

Taschenbuch, 236 Seiten
Lumen Verlag und
Autorenverlag ARTEP

ISBN 978-3-936544-18-3

Erschienen im Mai 2007

Im Spinnennetz der Privilegien

Taschenbuch, 172 Seiten
Autorenverlag ARTEP
Lumen Verlag Freiburg

ISBN 978-3-936544-15-2

Erschienen im Oktober 2007